我与春风皆过客，你携秋水揽星河

一亭 著

中国华侨出版社

·北京·

图书在版编目（CIP）数据

我与春风皆过客，你携秋水揽星河 / 一亭著 . -- 北京：中国华侨出版社，2022.1（2024.1 重印）

ISBN 978-7-5113-8569-7

Ⅰ . ①我… Ⅱ . ①一… Ⅲ . ①故事 – 作品集 – 中国 – 当代 Ⅳ . ① I247.81

中国版本图书馆 CIP 数据核字（2021）第 132576 号

我与春风皆过客，你携秋水揽星河

著　　者：一　亭
责任编辑：唐崇杰
封面设计：韩　立
文字编辑：许俊霞
美术编辑：潘　松
经　　销：新华书店
开　　本：880mm×1230mm　1/32 开　印张：8　字数：170 千字
印　　刷：河北松源印刷有限公司
版　　次：2022 年 1 月第 1 版
印　　次：2024 年 1 月第 3 次印刷
书　　号：ISBN 978-7-5113-8569-7
定　　价：46.00 元

中国华侨出版社　北京市朝阳区西坝河东里 77 号楼底商 5 号　邮编：100028
发 行 部：（010）58815874　　　传　真：（010）58815857
网　　址：www.oveaschin.com　　E－m a i l：oveaschin@sina.com

如果发现印装质量问题，影响阅读，请与印刷厂联系调换。

从世界之中走来，再向世界之外走去，这是每一个人的宿命。

孤独与迷茫，悲伤与疼痛，在轮番上演之中，似乎雕琢了一幕又一幕悲剧。

于是，大概每个人的心里都有一个隐秘的地方。

那是一间黑暗的屋子，里面埋藏着曾经爱过的人，或者不愿提及的事。

一个人的时候，尤其是在深不见底的黑夜里，人们喜欢静静地待在那里，或抚摸伤口，或暗自垂泪。自己不愿出去，别人也进不来。

事实上，这些并不可惧，也无须逃避。

烟火人生纵然短暂，倾尽全力也要活得美丽。只是太多时候，难免拂不去满身疲惫。

在匆匆行进的光阴中，我们经常能看到满头银发，又爽朗笑着的老人。当阳光穿过树梢，映照着他们不再年轻的笑容，这样的画面足以令人感动。

转念一想，他们的生命要经历多少痛楚，才走到如今的满脸皱纹？他们的内心又需要多少次拂拭，才能发出如此清朗的笑声？

对于那些带来伤害的人或事，人们往往会念念不忘，并且惯于沉溺其中，一次又一次让疼痛继续，致使伤口不愈。

其实，对于每个人来说，生活都是一样的。

生活就在那里，它是活生生的。

每一个平凡的日子，晴天或是下雨，一天又一天都会悄然流逝过去。不同的是人的心，是人们选择如何穿行其中，又能从中得益。

目录
CONTENTS

愿你有春风拂面，花开正好

I

一颗久候的心，在满怀期待的失望中，秋水望穿，噙满热泪。

满眼落不完的泪，在你遥远的身影里，打湿过往，打湿记忆。

直到最后不得不承认，你没有如期归来，便是离别最大的意义。

最亲爱的人，感谢你出现在我的生命里，感谢你赠我一场空欢喜。

我曾经想去的远方，无非是抵达你的心，无非是用我的心联结你。

你的爱，从来无可替代

梅子希望，她能永远留住最本真的爱，没有依附，毫无杂质。

尽管她让自己躲在了面具之后，但她仍是一个非常自我的人。

哪怕一些事已经让自己变得面目全非，她也只当是演绎了生命中的另一个角色，骨子里的东西仍然是不变的。

面具戴得太久的人，难免活成面具的样子。

尽管深知不真实，轻易却拿不下。因为隐藏在面具后面，实在是安全的。

梅子渴望有一副这样的面具。只要戴上去，便能抵挡住内心所有的悲伤。

这样想的时候，她正坐在镜子前。她的手无意识地抬起，又一次轻轻抚摸着受过伤的脸颊，镜子中的她也抬起手。

那道粉红色的伤痕，如同被雕刻在记忆中的花纹，在一处疼痛中静静绽放。

桌面的一隅，古色古香的陶瓷熏香炉中，淡淡的烟雾袅袅升起。

看着镜子中自己的面庞，梅子没有像往常一样，任泪水打湿眼眶。

她将目光移向窗外。昏黄的路灯下，春雪正纷纷扬扬地下着。零落的雪花，簌簌地飘落下来。当凛冽的寒风将它吹溅起，如同吹起了冬日里最美的花瓣。

许多个夜晚过去了，如同疤痕般隐秘的心事，又一次在梅子的心里铺开。

它们像极了窗外的雪花，轻盈飘落却又任性妄为，轻易便覆盖了她的长夜。

这是北国的冬天，夜色深沉得如同一口老井，也寂静得使人心里发慌。

梅子突然想起，她的姐姐曾在零下二十多摄氏度的冬夜里，提着刚做好的鱼片粥去医院看望她；她们也曾一起坐夜路公交回家，姐姐总会在潮湿模糊的玻璃窗上，画两个卡通小女孩，她们在车窗上手牵着手，身后是一排排脚印……

梅子总是很容易便想起姐姐。她们是双胞胎，长得极为相像。不同的是，梅子的眼角右下方有一枚褐色的浅痣。正因为这枚痣，她们才不易被错认。

随着年龄越来越大，梅子的痣也越来越清晰。人们都说那是泪痣，它因生命中的爱而发芽生长，最后在一生多泪中走向枯竭。

梅子从来不以为意，她很喜欢那枚痣。

因为姐姐曾告诉她，这颗痣让她的脸更显生动，也更显妩媚。

在 13 岁以前，梅子一直与姐姐形影不离。在出生时，她的身体就很虚弱，后来也时常生病。所以，姐姐一向很疼爱她，在 11 岁时，便学会了为妹妹煲她爱喝的鱼片粥。

梅子一直觉得，如果不是父母的婚变，姐姐会一直宠爱和忍让着她，她们也不会分开，并且可以互相陪伴着长大。但这种美好，只能无数次出现在她的幻想中。

梅子清晰地记得，那一晚父母闹得很凶。父亲像发了疯一样咆哮着，母亲拿起茶几上的高脚杯，将它在父亲的额头上砸得粉碎。

她怕得躲在屋内的一角。姐姐则走到父亲的身边，拉着他的衣袖，试图让他坐在沙发上，以平息那场争执。

父亲终是坐了下来。梅子看着他的额头，细密的血顷刻渗出，滑过他的脸，滴落在姐姐黄色的绒布拖鞋上。

在昏暗的角落里，梅子睁大了眼睛，注视姐姐鞋子上的鲜血。

不知过了多久，房间里渐渐安静下来，梅子的耳边开始萦绕起母亲的低泣。

之后，姐姐终于发现了一直看向她的梅子。

那是两双同样惊恐的眼睛。

几个月后，她们的父母便安安静静地离了婚。

梅子跟着父亲生活，她很不情愿喊另一个女人妈妈，所以从来不喊；而姐姐则被母亲带走，她要喊另一个男人爸爸，但梅子不知道姐姐会不会喊。

梅子一直不理解父母的分离，年幼的她似乎也并不关注，而心中的冷漠却日渐生长。

她过了两年仇视另一个女人的生活，那个女人无论怎样对她好，都被她冷冰冰地拒绝。直到两年后，父亲生意失败，为了躲债居无定所，他的婚姻也再一次瓦解。

之后，梅子被送到了独居的爷爷家。奶奶早已去世，她开始与年过六旬的爷爷相依为命。

几个月后，梅子便读了寄宿式高中，只是每个周末才回家来。

或许是因为爷爷毫无原则地疼爱，纵容了她青春期的一切任性。尽管几乎没有父母的关心，梅子却觉得这样的生活并没有什么不好。她只有在想念姐姐时，才会咬着被角忍不住哭泣。

爷爷似乎懂得了梅子的心思。他在家中的院子里种下了两株桂花树，并郑重地告诉梅子，这两株小树就是她和姐姐。

梅子始终铭记着爷爷说过的话，当桂花树长大并开出花的时候，她就能像小时候一样，经常见到姐姐了。于是，她经常给小树浇水，烦闷时与它们说话。

她期待它们早些长大、开花，早些发出沁人心脾的芬芳。

当然，她更期待的是，自己也能够早些长大，有一天能够去寻找姐姐，并亲口告诉她，她很想念她。

只是她不曾想到的是，十年之后，当她终于有机会与姐姐朝夕相处时，却是另一番景象。

或许生活是公平的，它亏欠人们的爱或者完满，终会在未来的某一刻如数奉还。

大学毕业后，梅子供职于一家正风生水起的创意公司。身为首席体验师，她常常踏足异国他乡的风情小店、城市深处的舒适旅馆，以及古旧巷陌的农家小院。

更为幸运的是，梅子找到了姐姐。而且，分公司要开在姐姐定居的城市，梅子如愿前往。

重逢那天，姐姐亲自去机场接她。多年不见，两个情深的姐妹难免激动和落泪。她们畅谈了许多天，仍然有说不完的话。

半个月后，一个名叫陈默的男人，从外地归来，他来到了姐姐家。

初见这个男人，再听到他的名字，梅子便惊住了。他给她的感觉竟如此奇妙，那是一种舒心的熟悉，似一泓甘泉，调和着她曾经历过的苦涩。

但紧接着她便有些失落，因为他是姐姐相恋了多年的男友，他们已经开始计划结婚。

然而，尽管事实如此，对梅子来说，这原来是你的相遇，仍不失为一种拯救。

在此之前，她从未爱上谁，也从未知爱一个人的感觉。

陈默回来之后，时常是他们三个人一起做许多事。

梅子喜欢拿着相机，偷偷拍下陈默不同的样子。镜头掠过，她捕捉到的多是他虚幻的剪影，有时是他的背影，有时又是他模糊的侧脸。

陈默比她们大了几岁，谦和温柔，喜欢穿休闲的衣服，并且厨艺精湛。

一日三餐，他烹调的美味，滋养着姐妹俩挑剔的味蕾。当然，除美食之外，音乐以及好天气，也都是可以拿来培育和欣赏的瞬间。

梅子入了戏，她会开着认真的玩笑，声声说着："要是一辈子这样过下去，该多好呢……"

这时，陈默会不无宠溺地看着她的姐姐，并笑着说："看来，咱们要给梅梅寻找一个白马王子了。"

他也唤她梅梅，如同姐姐唤她一样。

梅子最初觉得，陈默也是喜欢自己的。他如同姐姐一般，温暖而贴心地宠爱着自己。

但姐姐有很倔强的一面，她偶尔会觉得，也许自己更适合陈默。尤其在他们商量结婚的事时，往往因为意见不合而争吵起来。

每每此时，梅子便会想，姐姐这样是不好的，换成自己，一切都会依着他。

有一个晚上，为了赶着完成一个创意策划，梅子几乎烟不离手。

天微亮时，她才趴在桌子上沉沉睡去。

第二天还要出差，说好了是陈默送她去机场。

不知过了多久，梅子睡眼惺忪地醒来，胡乱摩挲了微微潮湿的口水，对上陈默深色的眼眸。她忽然红了脸，不好意思地笑了笑，然后悄悄地呼了一口气，心里却是一阵兵荒马乱。

陈默递给她一盒薄荷糖，草绿色的铁皮盒子，刻着她不认识的字母和植物纹样，抬头便听到他的声音："女孩子少抽些烟。"

也有为数不多的朋友劝她，让她少抽烟，无非是对身体各种不好，听多了反而厌烦。

只是那一刻，一句没有理由的叮嘱，让她无法抗拒和反驳，甚至让她感受到些许爱意。

这样相处得久了，陈默的喜好梅子也沾染了一些。烟抽得少了，开始喝些花茶，手边触手可及的也多是一杯温水，一切像极了他的性情。

之后，梅子开始醉心于没有烟雾缭绕的夜、盛开在水中的茶花，以及舒心妥帖的陪伴。

有时候，半梦半醒之际，她会蹑手蹑脚地打开姐姐卧室虚掩的房门，她总是停留片刻又转身离去。那个房间里，是她最爱的两个人，他们相拥而眠，却让她深深嫉妒。

无数次，她在心里想着陈默，淡淡的薄荷味，蜿蜒曲折的掌纹，以及太多说不出的感觉。

但她心里明白，换成是别的东西，姐姐一定满足她的愿望，而唯独爱情不能。爱情是自私的，不能分享。

然而，爱情热烈起来，理智便微不足道。梅子哪里能自控呢？她是任性而骄傲的，总想将自己喜欢的东西占为己有，哪怕是一个活生生的人。

终于，在一个姐姐晚归的深夜，梅子走进了他们的卧室。

房间里只有床头的睡眠灯亮着，陈默已经入睡。她佯装姐姐，睡在了心爱的人身边。

梅子不曾想到的是，姐姐提前回来了，她发现了一切：自己的卧室里，是浑然忘我的两个人。一个与她血脉相连，而另一个将要与她共度余生。

卧室的门虚掩着，门缝中透出一些光亮，这短短的几步路，竟让她浑身抖动起来。

她那时才知道，最难过的感觉原来不是想哭，而是从头到脚的无力感。

陈默慌乱地打开灯。看到梅子脸上那枚痣，他才恍然大悟。

白炽灯昏黄的光，照在白色的墙壁上，微弱而单薄。梅子的心也逐渐变得沉寂和空落。

她起身走近姐姐。两双相似的眼睛里，盛放着不同的悲戚与哀伤。

"姐，你都看到了，其实我也爱他呢。"梅子说。她不仅是说给姐姐听，也说给身边正极为懊恼的陈默听。

梅子并不能体会，这幽幽道来的一句话里，每一个字都犹如有千斤的重量，一个接着一个，压在姐姐的心上，让她喘不过气来。

疼痛无所依傍，爱却难以放空。那一刻，梅子不知道还能说些什么，她只是微微低着头。

而姐姐却一改往日的温和，第一次在她面前愤怒起来，她一边埋怨梅子的行为，一边失控地拿起桌边的剪刀，用力地戳在她的脸上。

梅子感觉到脸上一阵火辣。她下意识地用手捂住了脸，只是一瞬间，她便感觉到一种温热的液体，从指缝间流出来，爬满了她的手背。

紧接着，她看到姐姐失魂落魄地坐在了地上，陈默紧张地去抱着她。

梅子没有说话，她面无表情地看了他们一眼，连同这间卧室里的每一个角落。之后，便决绝地打开门，走了出去。

那一晚，在漫天的落雪中，梅子不知道自己走了多久。

茫茫黑夜，她依稀听到，姐姐在身后一声声地呼唤她的名字。

但那如同幻觉一般的声音，就像尖利的簪子一般，深深浅浅地戳着她心上的每一处地方。

对于承受深重痛苦的人，死亡不过一阵呜咽，活下去才是艰难的。

梅子消失了一个多月，最后是姐姐找到了她，并将她接回家。再一次见到姐姐，梅子发现仅是很短的时间，她消瘦了很多，脸上有难以散去的愁容。

而姐姐看着她脸上的伤痕，却心疼不已。那天，姐姐长久地拥抱着她，不停地哭泣和道歉。她们很快便和好如初，姐姐仍然像小时候那样，宽容和忍让着自己唯一的妹妹。

但让她们都没想到的是，命运翻手为云，覆手为雨，原以为是结束，却又是另一个开始。

　　梅子怀孕了，是陈默的孩子。

　　她隐约感觉到，姐姐和陈默心中的疼痛又深了一重。

　　当两个她深爱的人，再一次陷入眩晕般的纠结中时，梅子的嘴角却微微泛起了笑意。

　　那一刻，她仿佛体会到爱情的滋味，也体会到爱情拥有结晶时的幸福。但当想到姐姐时，她心中的那丝甜蜜便在一瞬间被冻结起来。

　　她爱她的姐姐，实在不忍她难过。

　　他们陷入了长久的寂静。

　　最终，姐姐打破了沉寂，她将陈默拉到病房外。

　　梅子没听到姐姐说什么，却听到了陈默愤怒的声音："你在说什么啊，我根本不爱她，没办法把她当作你，我厌恶她脸上的那颗痣……"

　　之后，便传出他的哭声，以及他的拳头捶在墙壁上的声音。

　　原来，姐姐还是偏爱她的，甚至给了她最不能分享的爱情。只是，即便姐姐愿意分享，有些东西，也是她无法拥有的。

　　那一刻她才明白，陈默并不爱她。她那枚美丽的泪痣，也终于为生命中第一次的爱情，沾满了酸楚的泪水。

梅子拒绝了姐姐的好意，她想拥有的是一份爱情，而不是一个躯壳。

即便这份爱情，永远是自己一厢情愿。

她请求姐姐能让她生下这个孩子，这样她便心满意足了。在她的心里，孩子会延续她的爱情，也会证明，她真实地爱过。

一年以后，梅子按照最初的设想，将孩子留给了姐姐，一个人离开了那座城市。

然而，离开终究不能意味着终结与救赎。

无数个深夜里，只要忆起过去，梅子的眼睛总是湿润的。她喜欢对着镜子，看着脸上的伤痕，想着与姐姐有关的点点滴滴。

她会回想起她们的小时候，她们分开又相聚的日子，她们共同爱上的男人。

后来，梅子听说，面具戴得太久的人，会活成面具的样子。

她是在一个落雪的冬夜，想要拥有这样一副面具。

那天，她没有像往常一样，任泪水打湿眼眶。她只是想着，第二天她就要去整容医院，去换一张不与任何人相似的脸。

梅子很快便如愿以偿。当她再照镜子时，脸上没有伤疤，也有没有那枚痣。

她终于不再哭泣。又过了很久之后，梅子将自己的秘密告诉了姐姐。她希望姐姐不要为她担心，希望他们安心生活。

梅子深知，她已经活成一张虚假的面具，那张面具上经常挂着笑容。尽管不真实，她却沉迷其中。

后来，梅子喜欢上一种名叫朗姆的酒，因为她觉得酒的口感与自己很像。

这是一种这样的酒，第一层平淡甜香，第二层有些酸涩，之后便是浓烈得令人迷醉。不管与任何一种饮料调配，它都会始终保持着自己本身的味道。

梅子希望，她能永远留住最本真的爱，没有依附，毫无杂质。

她终于变得坚强，并且真正地骄傲。

的确，尽管她让自己躲在了面具之后，但她仍是一个非常自我的人。

哪怕一些事已经让自己变得面目全非，她也只当是演绎了生命中的另一个角色，骨子里的东西仍然是不变的。

她就是这样的人，就是这样活着。

如此拥有着自己的心，她觉得很安全。

几年之后，梅子以自己朋友的身份，去看望了姐姐和她的孩子。

这时，姐姐也生下了一个女儿。陈默装扮成狮子的模样，逗着两个孩子玩乐。这是梅子愿意看到的，他们看上去很幸福。

除了姐姐，没有人认出她，这让她觉得极为惬意。姐姐仍旧温柔体贴，她悄无声息地替自己妥善收藏了这一切。

第二天，梅子带着姐姐去看望故去的爷爷，以及他生前住过的老房子。

爷爷已去世多年，人去屋空，院落里一片荒凉。

而他当年植下的那两株桂花树，却已经枝繁叶茂，亭亭如盖。

大概每个桂花飘香的季节，它们都会散发着沁人心脾的芬芳。

谁还在原地等待

如果再坐在这家街角的咖啡厅，她不愿再等任何人。

而是只需等待一种心情，等过去的自己与每一个新的自己碰面，并且心平气和地交谈。

11 月的阳光明媚而温存，从一方灰色的檐角斜照下来。

方墨走进街角的一家咖啡厅。对她来说，这家名叫"光阴的故事"的咖啡厅，所有的一切都是旧的，包括晓光。

晓光是她的朋友，也是这家咖啡厅的老板，他们许多年前就认识了。那时，他留着醒目的光头，如今却蓄起了长发。远远看去，就像一位不修边幅的印第安酋长。

"大老远过来，累坏了吧？好久不见。"晓光说着，伸开了双臂拥抱她。这是分别几年后，方墨第一次听到他的声音。

那一刻，她感觉到的是一种久违的亲切，便对他说："还好，好久不见。"

在靠窗的位置坐下来后，方墨心不在焉地翻着一本旧杂志。晓光像以前一样，不动声色地为她端来了一杯泛着浅

驼色泡沫的 Espresso。

在方墨的记忆中，他是一个喜欢安静的人，话不多，却最懂人心。

"也只有在这里，才能喝到这么特别的意大利浓缩。"方墨喝了一口咖啡说，言语中透露出些许伤感。

从方墨的神态和言语中，晓光似乎觉察出了她的不安。

"咖啡喝的是一种心情，小杯的 Espresso 不适合今天的你。"晓光笑着对她说。他的笑容就像一张泛黄的老照片，虽然陈旧，却镀上了一层温暖的底色。

"你能看出我的心情？"方墨明知故问。

"维西不会来的，你不用等了。"晓光的话令她心头一紧，一种巨大的失落，瞬间击中了她的胸口，使她有些呼吸困难。

"是他让我来这里等他的。"方墨翻出手机，让他看维西发来的短信："我应该和你说一声抱歉，我们见面谈一谈吧，我在街角的咖啡厅等你。维西。"

"短信是我发的。"晓光说得波澜不惊，却让她吃了一惊。

"晓光，你发什么神经？"心头立即升出一种被人戏弄的感觉，让她有些生气。

"我喜欢你很久了，一直都在这里等你，以为你会再来。"晓光的表白显得蹩脚并且滑稽，可那一刻，方墨却怎么也笑不出来。

于是，数不清的记忆碎片从四面八方汇聚而来，渐渐地勾勒出一段原已模糊的往事。

那些未曾注意过的细节，忽然让方墨有了后知后觉的领悟。

每个人都有属于自己的老地方，"光阴的故事"就是方墨的老地方。

几年前，初恋男友维西第一次带她来这里。那是一个阳光明媚的下午，他们坐在靠窗的一角，阳光打在身上，格外温暖。

维西为她点了一小杯 Espresso，自己则点了一大杯 Cappuccino。

那是她当时并不喜欢喝的一种咖啡，就像维西给她的爱情一样，有时候让她觉得心头充满了苦涩。

"这是我喝过的最难喝的咖啡！"那时的方墨说话直来直去，从不掩饰自己的真实想法。可话一出口，她便后悔了，因为她看到维西的脸色，突然有些变化。

晓光见状，立即上前赔笑说："咖啡喝的是一种心情，心情不同味道自然也就不同。研磨咖啡的师傅今天刚刚失恋，心情不好，做出来的咖啡味道也就差了些。"

那天，咖啡厅里的暖风开得很大，晓光的上身穿了一件鲜艳的红 T 恤，下身搭了一条军绿色的短裤，头上醒目地戴着一条黑白相间的头巾。

晓光的"咖啡论"并没有引起方墨太多兴趣，他的那身打扮倒让她觉得眼前一亮，"红配绿，冒傻气！"方墨在心里想着，忍不住笑出声来。

晓光大概知道她为何发笑，便也跟着笑了。

爱情似乎有一种神奇的魔力。那一次最初的相遇，晓光爱上了方墨。

方墨和维西大二恋爱，到大三时，两个人都准备考研。

那时，学校的自习室里总是人满为患。为了找一个可以安静复习的地方，他们不约而同地想到了晓光经营的那家咖啡厅。

咖啡厅刚好在街道的一角，方墨喜欢叫它"街角的咖啡厅"。

平时没课的时候，他们也经常在这家咖啡厅里一人点一杯咖啡，一起看书或者聊天。考研复习时，一坐就是一整天。方墨后来回忆，那段原本高度紧张的备考生活，反而被咖啡的香味所稀释了。

就这样，他们和晓光成了朋友。但即便是越来越熟悉了，晓光的话仍旧不多，每次都只是淡淡问一句："喝点什么？"

后来，索性连这句问话也省去了。

有一次，维西出去有事，方墨一个人坐在咖啡厅。当她正出神地看着窗外的街道时，晓光突然走过来问她："你男朋友是天蝎座吧？"

"你会相面？"方墨诧异地问。

"不会。"晓光摇了摇头，又问她，"你知道 Cappuccino 是一种什么样的咖啡吗？"

这一次，轮到方墨摇头了。

晓光得意地笑了笑说："Cappuccino 的表面是一层用蒸汽打出来的细密奶泡，入口香甜，颠倒众生，但下面那三分之二的 Espresso 才是它的精髓。可以说，这种有着魔鬼口感的咖啡就是为天蝎座量身打造的。"

在方墨的印象里，这是晓光话说得最多的一回，的确让她格外惊讶。

维西的确是天蝎座，他的身上有着天蝎座男生的一切优点和缺点。她最初就是被维西身上那种神秘的气质所吸引。

相处了一段时间之后，她又发现维西是一个外冷内热，又野心勃勃的人。他心思缜密，不达目的誓不罢休，但又十分敏感和脆弱。

方墨至今仍清楚地记得一件事，她仅仅因为约会时迟到了十分钟，他就气急败坏，责怪她没有时间观念。当时，方墨委屈的眼泪唰一下就涌出来，而他却像冰山一样，根本不为所动。

那个时候，方墨觉得他就像一道生命之光，欲望之火，热烈得令人窒息，冷酷得令人绝望。可能这就是他们之间无法跨越的鸿沟。

大学毕业那年，维西如愿考上了武汉的一所重点大学的研究生，而方墨却名落孙山。

当维西忙着复试时，她便无数次一个人坐在咖啡厅，晓光成了她温暖的陪伴。但他没有说出他对方墨的感情，他知道那是徒劳的。

毕业后，方墨一个人心灰意冷地逃到北京，找了一份自己还算喜欢的工作。

与维西分开那天，她说出了她的担忧："我觉得我们之间有一些问题，我不确定一些事。"他没有说话，似乎在回避这些事。

方墨一直等着维西能找她谈一谈，或者消除她的顾虑。让她想不到的是，几天以后，他删除了她所有的联系方式，之后便无声无息地走了，甚至让她来不及悲伤。

在北京定下来之后，方墨每天让自己全身心地投入工作，把加班当成了常态。尽管在同事眼中她过着非人一般的生活，但她乐此不疲。

在最难过的时候，四川大学读书的一个朋友曾约方墨去九寨沟出游散心。当年的那些美景，已经在记忆中模糊，但在川大校园里见过的一位老人的背影，却令她记忆犹新。

那是一个初秋的午后，方墨和朋友在榕树下散步，忽然看到一个仙风道骨、头发花白的老人骑着自行车，从她们的身旁飘然而过。

朋友对方墨说："你看，这位就是传说中的'痴情老人'。"

后来方墨便知道，关于这位年过七旬的老人，校园里一直流传着这样一个故事：

五十年前，他和一位美丽的姑娘情投意合。但是，由于家人的阻挠，姑娘被迫离开了他。临别前，姑娘深情地对他说："你等我，我会给你写信的。"

就是这样一句感人肺腑的承诺，让他一等就是五十年。

如今，一生未婚的老人早已退休，可他还在义务地为学校的传达室收发信件。因为他害怕，万一姑娘寄来信件，他收不到将会是多么遗憾。

生命中充满了等待，有的人在等待中绽放，有的人却在等待中枯萎。

痴情老人的故事，让方墨心头一震，但只是一瞬间。然后，她也开始像很多人一样，质疑一些看似俗气却赤裸裸的事实。

或许，等待并不可怕，可怕的是不知道要等多久，不知道能不能最终寻到归途。

不论痴情老人的故事是真是假，但那样一个事实，至少让方墨明白了一个道理：

时间走了，没有人还会在原地停留。就像街角的咖啡厅还在，人却已经变了模样。

年少时，人们总是很容易被这种美丽的故事打动。但经历过感情的疼痛之后，便很难再相信一生一世的故事。甚至会想，这又何尝不是一种爱的偏执和幻想呢？

就像维西的不辞而别，一直让方墨觉得，他还欠她一个解释和一声歉意。

一直到后来，在她收到晓光以维西的名义发来的短信时，她的心仅是不由自主地疼了一下，之后，便陷入一种空空的寂静。

其实，转念一想，这么久过去了，这种没有结果的等待，难道还不足以解释一切吗？一个连十分钟的等待都给不了她的男人，又怎么能奢求他来守候一生呢？

去等待一个人的回音或者歉意，是多么没有必要的事。因为那住在等待里的漫长时日，足以说明了一切。

黄昏的光开始斜斜地照在街道上。

那天傍晚，方墨离开咖啡馆后，晓光也走了。

他已经把咖啡店转让给了朋友经营，之所以让方墨再来这个老地方，并不是为了向她表白，而是为了向她道别。

原来，在方墨与维西分手后，晓光曾和他大打出手。或许维西的绝情也与此有关，但这些已经不再重要。

晓光告诉她，在她一直默默等待的这几年中，维西毕业，定居在加拿大，并且已经结婚生子。所有的时间和人都走了，只有她还停留在原地。

"我知道你不会喜欢我，但我希望你能走出那个阴影，开始新的恋爱和生活。"晓光对方墨说。

他是清楚一切的，他太懂人的心。

方墨也相信他一个人深深爱过，但只是选择了默默地守候在一旁。

当她无数次在等一个人时，也曾有那么一个人，无怨无悔地在那里等她。他离她那么近，却又永远地保持着很远的距离。

就像那个等候了一生的老人，他的等待遥远而凄凉，甚至只是他一个人的事。

有人愿意等，不一定有人愿意出现。

有些等待，注定是一场闹剧。等得太久，痴迷其中的人，或许已经忘记在等什么。

走出咖啡厅，方墨停下了脚步，回头静静地看着它棕灰色的墙壁。

她在心里想，如果再坐在这家街角的咖啡厅，她不愿再等任何人，而是只需等待一种心情，等过去的自己与每一个新的自己碰面，并且心平气和地交谈。

这应该就是光阴的故事了吧，也是它留给无数曾独自等待的人，最珍贵的礼物。

颠倒了我的世界，
只为看清你的倒影

II

我将你的笑脸，刻在柔软的春风里。

我将我们的故事，纹在最深的记忆里。

我渴望有一场雨，带来与你相遇的气息。

我渴望有一封书信，将我们的爱情继续。

我想颠倒整个世界，只为看清你最美的样子。

我想在你摇晃的倒影中，永远与你相依相随。

如同少年，不惧岁月长

虽然萧山闭着眼睛时，会看不见眼前的世界，但他可以清晰地看见朵朵。

朵朵满眼笑意，穿着粉白相间的裙子，像极了美丽的樱花。

萧山又一次如期去日本看樱花。

那是三月的一个下午，圆山公园的樱花正开得如火如荼。

风起处，花瓣漫天飞舞。这就是樱花，燃尽所有，只为刹那芳华。

"朵朵，你看到了吗？我们又来到了樱花的故乡。"萧山深情地抚摸着胸口的疤痕，仿佛那不是自己的身体，而是爱人的心。

一朵刚刚绽放的樱花，从簇簇的花簇中缓缓飘落，无声地抚过他的额头、鼻尖和嘴唇。

那一瞬间，他突然笑了，眼里噙满泪水。

萧山面目清秀，身体微胖，目光如同湖泊一般澄澈。平日里，他的嘴角始终挂着微笑，那似乎是一种暴雨过后的平静，让人觉得踏实可靠。

但萧山的心脏不好，不能做剧烈运动，也不能让情绪失控。上帝给了他一颗玻璃一样的心，他只能小心翼翼地活着。

25岁时，萧山因心脏衰竭，晕倒在朋友的婚礼上。以此之后，他辞去了工作，在母校附近的居民楼里，开了一家DIY蛋糕店。

萧山的店铺不大，但装修得十分温馨，能让走进去的客人感受到家的温暖。尽管他的双手看上去有些粗笨，做起蛋糕来却是一把好手。

而立之年的萧山经历丰富，性情不温不火，他对待生活的态度，就像他引以为傲的烘焙技术一样，能把一切都拿捏得恰到好处。一向见解独到的他，甚至能把和面与烘焙的过程，上升到人生哲学的高度。

很难想象，恋爱中的萧山会是一种什么样子。但他到了30岁，仍不愿找女朋友。

每当一些熟客问起这件事，他总是讳莫如深，人们也不好再继续追问。

直到后来，在他遇到朵朵之后，事情发生了一些变化。

朵朵在一家培训机构做美术老师，喜欢画画，喜欢写诗。

一次周末，朵朵打算到户外写生，无意间路过萧山的蛋糕店。蛋糕烘焙时散发出的浓郁香味，吸引了她的注意力。

朵朵走进了萧山的店铺。

谁也不会想到，在这样的邂逅中，一场跨越生死的爱情孕育而生。

　　朵朵身材娇小，却有着一种天然的亲和力。尽管她的年龄比萧山小三岁，但心智上的成熟与他不相上下。

　　那天，萧山把模具里的蛋糕放入烤箱后，便独自在窗边吹起了口琴。

　　朵朵听出了萧山所吹的旋律是一首名叫"Reality"的英文歌，并随着他的吹奏唱起了这首歌。

　　"Met you by surprise，I didn't realize that my life would change forever……"（无意中遇见你，我并不了解，生命将从此改变……）

　　曲终之后，萧山放下口琴，略带吃惊地望着朵朵："你也喜欢这首歌？"

　　朵朵点了点头说："就是因为这首歌，我才爱上了那部法国电影。"

萧山用的是一支金色的口琴，是父亲送给他的成年礼物。

在他 4 岁时，母亲突发心脏病去世。父亲一手将他带大，直至走到生命的终点，都没有再娶别的女人。

在萧山的童年记忆里，父亲常常在母亲的床前吹口琴。阴阳两隔的疼痛，在他的心上留下深刻的烙印。他曾反复对自己说，既然不能制止最坏的情况发生，倒不如错过。没有交集，便不会有痛苦。

与朵朵相识之后，每当萧山这样想时，眼睛总是湿润的。

对于一个身心健全的人而言，似乎很难理解心跳可能随时停止跳动的境况。

萧山并不怕死，他害怕自己会如同母亲一般突然离世，给至爱的人留下永久的伤痛。

　　爱，从来没有缘由。我们会因为一首歌爱上一部电影，会因为一个人爱上一段旅行。而真正的爱，唯有陪伴最为打动人心。

　　萧山很细心，也很有耐心，他是在任何时间、任何地点、任何情况下出现，都不会让人反感的人，举手投足间又透出一种沉稳和坚毅。

　　萧山身上这些成熟的气质，给朵朵留下了深刻的印象。

　　那一天，他们一见如故。

　　朵朵留在萧山的蛋糕店里写生。

　　萧山亲自为她做了一个精致的双层小蛋糕。蛋糕分为上下两层，下面是诱人的提拉米苏，上面是一层栩栩如生的蜂巢蛋糕。

　　朵朵将一小块蛋糕放入嘴里，一种入口即化沁人心脾的香甜，顿时占据了她的味蕾。

　　"这是我吃过的最美味的蛋糕。"朵朵说。

　　她没有说出口的是：

"你是我见过的最好的人。"

后来，朵朵经常到萧山的蛋糕店里画画，她喜欢把他的一举一动都画下来。萧山会很配合地摆出各种好玩的姿势，做出各种搞怪的表情。

他们似乎天生默契，都满足于这种简单而富足的快乐。

有一天，朵朵突然对萧山说："小山，你教我做提拉米苏吧。"

"要学做蛋糕的话，还是应该从最简单的学起，最简单的往往才是最困难的。"萧山笑了笑，眼中淌满了温柔。

"我只想学提拉米苏，为你，也为我自己。"朵朵说。

萧山心里很清楚，提拉米苏的原意是"带我走"。它绝不仅仅只是一块美味的蛋糕，背后还寓意着浓浓的爱和幸福。

那一刻，萧山沉默良久，只留给朵朵一个沉重的背影。

朵朵从背后拥抱萧山，却被他的手温和而又坚决地挡开了。

"朵朵，我们不合适。"萧山的声音有些颤抖，似乎这冰冷的话语也冰到了自己。朵朵没有说话，只是将眼光投向窗外。

他们都不再年轻，身上也早已褪去了少男少女的天真与幻想。

于是，两个人就这样沉默着，等待着时间来宣判爱情的死刑。

最令人悲伤的爱情，莫过于相爱的人不能相拥相守，并且没太多时间在一起。

萧山又一次倒下了。他的心脏，以一种残忍的方式，向朵朵发出了警告。

在沉默被打破的那一刻，他什么也听不见了。朵朵的呼唤与哭声，都在他的心里化为永恒的心痛，渐渐地沉入黑暗之中。

好在死神也有仁慈的一面，当他再次睁开眼睛时，看到了朵朵哭得红肿的眼睛。

"活着，真好……"他看着朵朵，嘴角微微上扬。

"你要好好活着！"朵朵说着，又禁不住哭了。

她决定放下工作，一心在医院陪着萧山。

但萧山在医院躺了两天，便着急出院。他不想拖累朵朵。

朵朵是懂他的。她握着萧山的手说："小山，不要想太多好吗？先把病养好，其他的都不要管。"

"你真傻，我的病治不好，是先天性的、遗传的。"萧山一想到父母的遭遇，便狠下心来。他想，朵朵是个好姑娘，绝不能毁了她的幸福。

"萧山，我明白你的意思，但我不会走的。我等了这么多年，才等到了你，只要你还在，我就愿意陪着你。就算上天只给我们一天时间，我都要珍惜。"朵朵说得很平静，她知道自己喜欢什么、想要什么，早已不是小女生那般不懂爱情。

此时，萧山已经泪流满面。他像孩子一样在朵朵的怀抱中哽咽着："朵朵，你真傻，我给不了你任何东西。"

"你给的已经够多了。和你在一起的这些日子，我愿意拿一生来换。小山，我们的时间很珍贵，应该好好把握住每一分每一秒，好吗？"朵朵的勇敢与坚定，让萧山很受鼓舞。

那一刻，朵朵就是他最大的支撑。

事情开始变得简单起来。尽管事实总会看起来十分残酷，人们不愿意相信，也因此不喜欢它，但任何一件事情，只要人们在心里接受了它，前方的路便没有想象中那么艰难。

出院后，萧山像换了一个人。他开始遵照医生的嘱托，制订各种食疗与健身计划。他从未如此强烈地想要抓住时间，仿佛死神的镰刀就架在他的脖子上。

他希望能活得长一些，再长一些。他想要和死神赛跑，以便为他和朵朵争取更多的时间。

但他的病情仍在一天比一天恶化，朵朵始终不离不弃地陪伴他。

"小山，我会一直陪着你的，你放心。"朵朵说，她将头埋在萧山的怀里。她想要记住与萧山在一起的每一个细节，感受他生命的每一片纹理。

"小山，你一定会好起来的。我看了很多资料，世界上有许多得了癌症的人，最后都通过顽强的生存意志战胜了病魔。你得的不是不治之症，相信我，好好活下去。" 朵朵每天都鼓励他坚持下去，并为他讲各种新奇有趣的事情。

其实，萧山比谁都更清楚自己的状况。在很小的时候，医生就给他下了死亡通知书——"这个孩子活不过 20 岁，你们要做好思想准备。"

萧山如今已经 30 岁，他总觉得上帝已经对他格外眷顾。现在更深觉如此，因为上帝为他送来了朵朵。

于是，最后的日子，他十分珍惜朵朵，并且一直记得她的心愿：想每年都到日本看樱花，开一家属于自己的咖啡书屋，里面挂满自己的画作。

想到这些，萧山都会特别渴望拥有一颗强健的心脏，去帮助朵朵实现她的愿望。

令人意想不到的是，事情竟出现了转机。

三个月后，医院突然通知萧山，说他们为他找到了合适的心脏供体，再观察一段时间，可以为他实施心脏移植手术。

萧山从未想过，原来，他还有活下去的希望。

这个消息就像一针强心剂，让萧山重新燃起了生存的欲望。他在第一时间拨通了朵朵的电话，想把这个消息第一时间告诉她。

但萧山只听到了可怕的寂静，朵朵的手机无人接听。

半个月以前，朵朵说家中有事，要回一趟老家。萧山对朵朵绝对信任，从未怀疑过她的话，以为她很快便会回来。

拨打了无数遍电话，朵朵的手机从最初的无人接听，到后来一直处于关机状态。萧山的心头升起了一团不祥的预感。

"也许做完手术之后，她就回来了。"尽管如此，萧山还是这样安慰自己，或者欺骗自己。

一个月后，医院为萧山做了异位心脏移植手术。

手术很成功，他可以继续活下去。但没有朵朵，生命对他来说，似乎也失去了意义。

身体恢复之后，萧山便去朵朵所在的培训学校找她，学校的负责人说，她很早就辞职了。

半年之后，萧山仍然没有等回朵朵，也再没有她的消息。她仿佛消失了一样，如同一只飞走了不再飞回来的蝴蝶。

有时，萧山甚至会怀疑，朵朵也许只是自己的一个幻觉。

但奇怪的是，不知从何时开始，他也开始画画，并有了写诗的欲望。

再后来，他卖掉了蛋糕店，又从朋友那里筹到一笔钱，开了一家咖啡书屋，里面挂满了朵朵留给他的画作。

　　萧山每晚都会做梦，并且每一个梦都与朵朵有关。在那些真假难辨的梦境里，他拥抱着朵朵，为她吹奏着她喜欢的曲子。

　　渐渐地，他开始频繁地感觉到，朵朵似乎就活在他的身体里，有时还能获得朵朵的某些记忆。

　　又过了一段时间，萧山忽然收到一个包裹，寄件人一栏写的是"朵朵的父亲"。他迫不及待地打开包裹，里面是一个精致的日记本。

　　萧山打开了这本日记：

2007 年 10 月 23 日 星期二 晴

　　小山，最近我的视力和记忆开始变得越来越差，头疼的频率也越来越高，那些不好的预感终于还是变成了现实，我患了脑瘤，已经晚期了。

不过我一点也不难过，因为过不了多久，我的心就会和你永远地在一起。

我应该感谢上帝，那颗肿瘤就是对我最好的恩赐。它毁灭了我的肉体，却可以让我心爱的人通过我的心脏，继续活下去。

小山，你不要为我难过。我爱你，无怨无悔。

2007 年 11 月 10 日 星期六 晴

小山，医生告诉我，你的体重太重，不能做原位移植手术，只能做异位移植手术。也就是说，我的心将和你的心缝在一起。

小山，听到这个消息时，我真的很高兴。

头又开始疼了，今天就写到这里。

2007 年 11 月 19 日 星期一 阴

医生今天为我下达了死亡通知书，时间比我预想的要早一些。小山，我的肉体恐怕不能再陪你走下去了。

明天，我会撒一个谎，此生再也不会出现在你的视线里了。

小山，你不要怪我隐瞒了你。我不想让你看到我生病的样子，这样，你记忆中的我永远都是最美的。

2007 年 11 月 20 日 星期二 阴

再见了小山，尽管我做好了一切准备，但离开你还是很
不舍。

其实，在认识你的时候，我就知道自己头疼是有问题的。
上天是眷顾我们的，要不然怎么会这样安排呢？

小山，能在生命结束之前遇到你，并且让我们有过那么甜
蜜的时光，这是我的福气。

我是心满意足的，并且我的心将以一种特别的方式活
下去。

2007 年 12 月 24 日 星期一 晴

小山，你今天要做手术了，别害怕，我会一直陪着你的。

医生说，人的心脏也是有记忆的，我的心能陪伴你一直坚
强地走下去。

我离开之后，这本日记会寄给你，里面记录了我们从认识
第一天以来的点点滴滴。

小山，你要记得，朵朵永远和你在一起。

日记到 2007 年 12 月 24 日时戛然而止。正是萧山做心脏

移植手术的那天。

看完朵朵的日记，萧山双手颤抖，他无力地跪在冰凉的地板上，任由苦涩的泪水流下来，抽打着自己的脸庞……

刻骨的爱情，是会烙在心上的。

人们可以承受住悲伤的袭击，却防不住思念的渗透。虽然萧山闭着眼睛时，会看不见眼前的世界，但他可以清晰地看见朵朵。

朵朵满眼笑意，穿着粉白相间的裙子，像极了美丽的樱花。

之后的每一年，萧山都会去日本看樱花，为的是如约去抱紧胸膛中的那颗心。

在樱花漫天的圆山公园里，萧山会习惯性地找一处安静的地方，吹起那首"Reality"：

"Dreams are my reality，The only real kind of real fantasy。Illusions are a common thing，I try to live in dreams…"（梦境是我的真实，唯一真实的梦幻。幻想已经很平常，我试着活在梦境里……）

对萧山而言，这首歌的每一个韵律里，似乎都有他们温馨的记忆。

这世间，人们所不能抗拒的唯有爱与死。

而爱，是唯一能够超越死亡的事物。

最近一次去日本时，萧山看到一间雅致的书店，便走了进去。他挑选了一张绘满樱花的明信片，打算寄到咖啡书屋，寄给朵朵。

拿起笔，他想在背面写点什么，顺着心意，竟写出了这样的话：

3月12日，下午5点，我在日本看樱花，小山，我想念你。

看着明信片上的文字，萧山意识到，原来，朵朵就在自己的身体里。

那一刻，他突然笑了，眼里噙满泪水。

世间纷扰，也有人等你回家

他久久地沉默着，右手紧握住衣袋里的琥珀吊坠。

直到手心里沁出汗水，他终于悲痛地说了三个字："你走吧。"

女人就这样头也不回地走了。

两年前的端午节，魏巍在一个江南的小镇上见到了白帆。

这是他认识了五年的网友，在豆瓣上相识。因为都钟爱文字，彼此之间极为默契，甚至让他们有找到另一个自己的感觉。

他们相约在小镇上的一家花店见面。那天，白帆穿着黑色的长裙，长发披肩，皮肤白皙，眼神中透出淡淡的孤傲与忧伤。

第一眼看到真实的白帆，魏巍便觉得，这是一个有故事的女孩。

她的年纪不大，却有几分成熟女人的味道。

那是一家属于白帆的花店，各季的鲜花在她的店铺中交替绽放。

几年来，白帆几乎是与自己的花店相依为命。她将大部分时间都给了各色的鲜花，将大部分的爱都给了指尖的文字。

在白帆的故事中，魏巍很早就知道了她的花店，也清楚地记得那篇故事的开头：

无论什么季节，在街头花店的门口，总是插满了大捧大捧的玫瑰。

每当傍晚来临的时候，都会有一个浓妆艳抹的女人，在花店外的小路旁徘徊、等待。

十多年以前，她是小镇上最美的女人；十多年之后，她是小镇上最美的疯女人……

这个美丽疯女人的故事，让魏巍的印象极为深刻。他一直以为那是白帆虚构出的一个人物，因为沾染了她的灵性才有了生命。

在魏巍的眼中，白帆身上始终透露着某种难掩的光彩。

他很欣赏白帆的才情。在她的笔下，每一个故事都丰满动人。一个个朴素善良、与世无争的人物，就像江南水乡午后的阳光一般，给人一种恬淡温软的感觉。

同时，她的文字之中，也有一种不动声色，隐忍克制的力量。

甚至一些看似格格不入的元素，也可以在她的字里行间奇迹般地相安无事。

从花店出发，魏巍与白帆泛舟于江南的水乡。

他们坐在窄窄的木船上，两岸的白墙黑瓦、青石小巷，如斑驳的光影一般，在船夫的撑篙下缓缓退后。

虚拟世界里无话不谈的知交，面对面坐下来时，尽管有许多话想说，内心却千头万绪，一时不知从何说起。

看着对方熟悉而陌生的脸，他们只是默契地相视一笑。

那一刻，魏巍看到了白帆绝美的笑容。仿佛所有泛着光的水波，都在她的脸上柔美地轻晕开来。但他从不曾在她的任何一张照片上看到过，她是极少笑的。

随着微风吹散她的长发，魏巍惊讶地发现，白帆戴着的那串琥珀吊坠。这是在她所写的故事中，属于那位美丽疯女人的爱情信物。

原来，那个故事是真实的。白帆告诉他，那个疯女人，她也是极为熟悉的。

于是，故事中所有的情节，便在魏巍的脑海中，渐渐地铺陈开来。

十多年前，这是一个在小镇上广为流传，并家喻户晓的故事。

那时，每天的傍晚时分，小镇上的人们都会看到这样的景象：

黄昏之中，一个精心打扮的疯女人，默默地站在街头的花店旁，似乎在等待着什么。

她腰身纤细，颇有风情。如瀑的长发，柔软地垂下来，掩盖了她的背。但她的面庞已经不再年轻，眼睛长而媚，双眼皮的深痕直扫入鬓角里去。

她安静地站着，不与任何人搭讪，也不理会任何人的搭讪。

有时候，她会对着玻璃门扯扯衣襟，理理头发。面部表情的缺乏，隐隐透露出她的某些不足，正是因为这样的呆滞，更加显出她异乎寻常的温柔。

花店里有一台时钟，每当下午 6 点的钟声响起后不久，便有一个男人走到她身旁，牵着疯女人的手，将她领走。

每隔几天，男人会从花店里买一小束玫瑰，然后放到女人手中。之后，女人右手拿着花束，左手牵着男人，脸上绽放出如婴孩般满足的微笑。

回到家里，她会将花瓶中枯萎的玫瑰拿出来，再将娇艳的

一束放进去。

　　小镇很小，小到容不下一个女人不光彩的过往。疯女人的事，镇上的人们都是知道的。

　　年轻时，女人是小镇上最美丽的姑娘，镇上的许多男青年都暗恋她。但让所有人都深感意外的是，她最后嫁给了其貌不扬的邮递员。

　　男人就是这位邮递员。他每天起早贪黑，为镇上的人们送信。尽管他在工作中兢兢业业，在感情中却有些不解风情。

　　他的一生中，只做过两件浪漫的事情，都与女人有关。

　　每一个清晨，当鸟群在云雾氤氲的枝头上，用婉转的歌啼唤醒沉睡中的小镇时，男人都会骑着自行车，驮着厚重的邮包，在一条条青石铺成的小巷里穿梭。

　　很多年来，他已经记不清自己送出过多少封信，但他却清楚地记得，自从下定决心追求女人的那天起，他一共在她的门前放下过三百六十五支红色的玫瑰。

　　在那一年的时间里，女人每天都能收到带着露珠的鲜花。男人的执着最终打动了她的芳心，他们恋爱并结婚，一年后，生下了可爱的女儿。

　　如果日子就这样平凡地过下去，未尝不是一件幸福的事。但若让一个极为美丽的女人，守着一个缺乏情趣的人，在光阴

　　的循环往复中老去，似乎是一件不易并且残忍的事。

　　终于，在女儿 7 岁时，女人被另一个爱慕她的男人深深打动。每当听一句他的情话，她的心便往下沉一下，直至最后越沉越深，无法自拔。

而她的丈夫却是老实本分的，甚至不会说甜言蜜语。每当她情绪低落，需要安慰的时候，他会变得比她更难过，他除了沉默，似乎不会说点什么，能让她好过一些。

　　于是，情感的牵绊就像发霉的藤蔓一样，紧紧地缠住了她的心。而且随着时间的推移，她被缠得越来越紧，紧得她眉头蹙起，紧得无法呼吸。

　　渐渐地，对女人来说，竹影篱花，绿蔓窗纱的家，已不能再为她带来幸福的感觉。

　　以至于，踏实稳重的丈夫，活泼可爱的女儿，那些原本构成她幸福家庭的因素，也都成为一把羁绊她自由的枷锁。

　　大概人一旦起了厌倦之心，不做错事是难以回头的。男人一贯的沉默，最终耗尽了女人的期待和热情，也加速了她的逃离。

　　终于有一天，女人不想再忍受，并坦然地接受了那份甜蜜的诱惑。

　　她收拾好了行李，打算和另一个男人离开这个小镇，去追求能使她自由呼吸的爱情。

　　那个傍晚，梧桐深锁的院落中，如烟的细雨轻轻飘落。

　　男人握着一串琥珀吊坠，兴高采烈地赶回家。这是他费了很多心血，花了很多积蓄，想要送给女人的生日礼物。

那天恰好是女人的生日，她希望自己在这一天获得重生。

精心定制一串琥珀吊坠，是男人这辈子做的第二件浪漫的事。他希望这串美丽的琥珀吊坠，能被女人当作他们的爱情信物。

但他无论如何也想不到，在推开家门的那一瞬间，女人正提着一个箱子。她在等他回来，然后便要出门，从此离开他，离开他们的家。

男人被震惊了，惊慌失措的他极力挽留。但女人去意已决，她甚至跪在地上，声音颤抖地哀求男人："我必须走了，我知道你是个好人，可我就是爱不起来，请你原谅我……"

男人的内心极为悲痛，但看着跪在地上的妻子，他的愤怒和痛苦都只能压抑着。

他久久地沉默着，右手紧握住衣袋里的琥珀吊坠。

直到手心里沁出汗水，他终于悲痛地说了三个字："你走吧。"

女人就这样头也不回地走了。

女人离开之后，一直杳无音信。她不知道自己的背叛和抛弃，使男人遭受了巨大的精神创伤。男人从此不再相信感情，也不相信任何女人，包括他们的女儿。

他变得像一个暴君，情绪反复无常，对女儿的要求也越来越苛刻。尤其是喝完酒后，经常会冲着女儿发脾气。

他要求女儿生活中的一切都要听从他的安排：每天放学不许在外逗留，必须按时回家，更不许和男生交往。否则的话，他便难以控制地大发雷霆。

他并不能体会女儿的处境，不知道她在极为紧张的气氛中，小心翼翼、战战兢兢地成长着。那些年里，女儿终日胆战心惊，似乎一不小心就会惹怒他。

男人让女儿的这种生活，一过就是十年。十年之中，他一直走不出过去的伤痛。直到女儿考上大学，才终于可以摆脱他的控制。

然而，当男人正准备送女儿上大学时，他们又遭遇了新的打击。

那是一个上午，正是小镇热闹的时候，街道上人声鼎沸。

一个浓妆艳抹的疯女人的突然出现，顿时让爱看热闹的人围成了一圈。那天，女人的头发十分凌乱，她时而哭泣，时而痴笑，嘴里还不停地念叨着什么。

有认出女人的好心人找来了男人。男人匆忙赶来，拨开人群，他一眼便认出，这个发了疯的女人不是别人，正是自己当年的妻子。

每一个疯女人的背后，大概都有一个深深伤害过她的男人。

　　原来，女人的决绝和勇敢，并没能使她真正过上幸福的生活。相反，那个善于甜言蜜语的男人，在对她的激情燃尽之后，便开始嫌弃她的日渐衰老和不会打扮。

　　花言巧语的男人，一旦撕下面具，就会变得无比狰狞。

　　当初所有的承诺，所有的甜言蜜语，都不过是不负责任的男人说说而已，但女人当了真，结果只能让自己遍体鳞伤。

　　离开小镇的十年中，女人被百般虐待和折磨，直至不堪忍受，精神陷入崩溃。

　　她这才体会到，如果一个男人不再爱他的女人，她做什么都是不对的。她不声不响会引来轻视，她哭哭啼啼会遭到厌烦，

甚至病了疯了还会被嫌弃和抛弃。

女人最终被抛弃了，如同她当初抛弃自己的家。她一无所有，连灵魂也被掏空。

精神恍惚中，她凭着模糊的记忆，回到了从小生长的小镇。她最终来到那家花店前，那曾是她的丈夫回家时必经的路口。

那天，小镇上的人们都知道女人变成了疯子。她的污点，使她成为众人指责、嘲笑的对象。人们都觉得，她辜负了丈夫，抛弃了女儿，一切都是罪有应得。

只有男人不顾人们的冷嘲热讽，将她的手紧紧握在自己的手中，牵回了家。

许多年过去了，男人仍然深爱着女人。他从不嫌弃她，不管她是否曾抛弃了自己，也不管她是清醒，还是疯癫。在男人心里，只要是她便好。

女人回到家以后，男人用心地照顾着她，为她洗衣做饭，为她买药治病。

在男人的精心照顾下，女人的精神状态也有所好转。

清醒的时候，她甚至会询问起女儿的情况。

女人是幸运的，她在沉寂中慢慢复活，又在失去中重新拥有。

如果没有付出过于沉重的代价，这的确不失为一种美满。

十多年来，男人在压抑和隐忍中艰难度日。岁月改变了一切，唯一没变的是他对女人的爱。在他心中的那片土地上，女人仍然是唯一的玫瑰。

渐渐地，男人的脸上开始出现笑容，他甚至变得浪漫了一些。

他在她回家的第一个生日，为她戴上了那串琥珀吊坠；他还为她买了一个漂亮的花瓶，里面每天都插着新鲜娇艳的玫瑰，如同当年他追求女人时一样。

终于，在背叛与抛弃、重聚与相守之中，男人与女人的命运越缝越紧，他们的心最终联结在一起，再也无法分离。

在平静的岁月中与女人度过一生，是男人最想要的幸福。他的爱融进琥珀里，深入灵魂，凝成永恒，直至老成了传奇。

这个女人就是白帆的母亲，男人是她的父亲。

知晓了这一切之后，魏巍的心久久不能平静。他终于知道，白帆一直拒绝自己的理由，也明白她为什么只是愿意去爱一个男人，但不愿意和他生活在一起。

那一刻，魏巍对白帆更多了几分爱意和心疼。他突然意识到，相比之下，命运的天平似乎对她太有失公允。

母亲的抛弃，对幼小的她是致命的打击；父亲的暴躁，又给了她长达十年囚徒般的生活。她不知从何时开始，变得不爱说话，不爱笑，甚至长大后极为恐惧婚姻。

于是，与同龄的女孩相比，她早熟了许多，也冷傲了许多。

白帆大学毕业三年后，她的父亲也退休了。他每天有更多的时间，照顾终日寸步不离地守在他身边的妻子。

几年的时光流逝过去，父亲的心也慢慢地柔软起来。他终于深深地认识到，在那些不堪回首的岁月中，自己的苛刻与粗暴，对女儿造成了多么大的痛苦与伤害。

于是，在白帆接手花店的那天晚上，他红着眼眶，为自己多年前的错误和亏欠，向女儿表达了歉意。

但白帆丝毫不怪自己的父亲，她甚至对父亲充满敬佩和爱戴。

那天，她将自己的感受写在了日记中：我的父亲没有错，这一切都是因为他太爱我的母亲。我所承受的一切，都只是替

母亲赎罪。

一脚踩碎了玫瑰，它却在你的脚上留下了香味，这或许就是爱的宽容。

因为爱，丈夫宽容了妻子；因为爱，女儿宽容了父亲。在爱的面前，世间的一切怨恨痴缠，似乎都变得微不足道了。

木船靠岸前，魏巍疑惑地问白帆："这串琥珀吊坠，怎么会在你这里呢？"

白帆平静地说："母亲把它送给了我，如果这样能够减轻她内心的愧疚，我愿意接受。"

"你为什么要盘下那家花店？"他又问。

"这家花店见证了太多的悲欢离合，我想给自己留个念想。"白帆说。

魏巍原本想去拜访一下白帆的父母，但她的话让他打消了这个念头。他不愿打扰他们的平静，也担心冒昧的到访，惊扰了一个爱情中的世外桃源。

他想，那些故事中的人物，就让他们永远活在故事中吧。

在岸边又交谈了片刻，魏巍告别了白帆，独自一人走过动静交融的青石小巷。

返程时，魏巍又路过街头的那家花店，他用手机拍下了一张照片。

回到自己的城市，他将照片洗出来，镶在了相框中。他每天都能在家中的墙壁上，看到白帆的花店门口，始终盛开着各色的鲜花。

他希望某一天，白帆能改变心意，接受他埋藏在心中的爱情。

如果可以，他也愿意准备一串琥珀吊坠，让浓浓的爱意，化成一朵永不凋谢的玫瑰。

思君令人老，岁月忽已晚

他打开了那一封封当年的信件，纸张之上，那清秀的笔迹竟然从未褪色。

透过熟悉的字体，那些曾相互依偎的日子，仿佛又浮现在他的眼前。

他忽然很想去再看看她，哪怕只是一方矮矮的坟墓。

行走在大街小巷中的每一个人，都是一个岁月凝成的平凡故事。

夜晚是故事的摇篮，我们既是故事的倾听者，也是故事的讲述者。更多的时候，我们就是故事中的某个人……

在导播的示意下，谢微坐在播音室内，做着直播前的最后准备。

隔音玻璃上的电子钟进入 5 秒倒计时，谢微调整着自己的情绪与呼吸，北京时间晚上 9 点整，她准时开启了面前的定向话筒。

"亲爱的听众朋友们，

晚上好！欢迎收听深夜情感节目《老情书》，我是你们的老朋友谢微，感谢的谢，微笑的微……"

如同每一个普通的夜晚一样，谢微全心投入地做着她所热爱的电台播音工作。

但这一次播音的意义，又和以往不同，这是她最后一次主播《老情书》节目。

一直以来，谢微的节目都很受欢迎。她的声音有着天然的亲和力，声线优美，音色柔和，讲述故事时，也总能透露出一种得天独厚的感染力。

谢微喜欢在夜深人静的时候，戴上厚重的播音耳机，倾听天南地北的陌生人，讲述平凡生活中的感伤与感动。

作为播音主持专业的高材生，《老情书》是她参加工作之后，策划并主播的第一个节目。她对这档节目有很深的感情，也有很强的依赖感。

每个周末的晚上，她都会在《老情书》栏目里，分享来自听众的故事，有时是一个意犹未尽的电话，有时是一封饱含深情的来信。

她时常被那些简单而真诚的讲述深深打动，为生命中的情与爱，也为人性中的善与美。

在谢微的忠实听众之中，不乏一些历经沧桑的老人。

后来她才知道，自己的爷爷也是其中一位。

由于父母工作繁忙，谢微从小时候起，便和爷爷奶奶生活在一起，几乎是由他们抚养长大的。因此，直到工作后，谢微仍然喜欢住在爷爷家。

不了解爷爷的人，都会以为他是性格倔强、脾气又有些古怪的老人。但谢微很清楚，她的爷爷也有性情温和的一面，并且是一个很喜欢怀旧的人。

爷爷的老屋里，一幅幅镶着相框的老照片，泛着古旧的暖黄色调，挂满了同样古旧的墙壁。那些岁月留下的痕迹，静静述说着他过去的故事。

自三年前奶奶去世之后，爷爷一直过着寂静的日子。他每天都会清扫房间，擦拭相框，为花草浇水，偶尔会和其他的老年人一起下棋、散步，或者外出钓鱼。

更多的时候，他是独坐在阳台的藤椅上，缓缓地抽着烟斗，聚精会神地眺望窗外的景色，或者远山微茫，或者白鸟飞翔，或者云彩挂在天上。

每每看到这样的场景，谢微都会不由自主地想：原来人生的暮年，可以如此平静而安宁，如同一场情节舒缓的无声老电影。

作为年轻人，可能无法深切体会老年人的光阴。

其实，每一位老人都有自己的孤独。他们寄居于记忆的堡垒之中，与过往相依为命，日日抵抗着光阴的侵袭。

谢微也并不真正了解爷爷的内心世界。她仅仅知道，每到周末的晚上，爷爷都会打开一个老式收音机，准时收听她主播的节目。

大概听完节目之后，他也会想起过去的事情。

有一个晚上，谢微在工作之后回到家，发现爷爷在书房里，又写起了书法。

谢微的爷爷擅长书法。她走进书房，看到他刚好写完最后一个"微"字。"却顾所来径，苍苍横翠微"这句诗，谢微再熟悉不过，书房里正挂着爷爷年轻时所写的一幅。

谢微一直觉得，大概是因为爷爷喜欢这句诗，所以为她取了这个名字。

她并不知晓，自己的名字还有另外的意义。

那天晚上，谢微的心情有些低落，她刚刚与相恋六年的男友闹了不愉快。

矛盾的原因是他们之间一直悬而未决的难题。男友大学毕业后参军，他希望谢微能够放弃工作，

到他所居住的城市。但谢微不愿这样，她除了放不下自己所热爱的工作，也舍不得爷爷。

以往因为这件事相持不下时，爷爷都会劝慰她几句，但那天他放下毛笔，只简单地对谢微说："过几天，你同我回一趟老家吧……"

谢微随即便应下了，没有问爷爷具体的缘由。

她在心里想，爷爷大概又怀旧了，想看看家乡的面貌，或者见见那些健在的老友。

那个夜晚，谢微久久不能入睡，她从抽屉里拿出一本日记，里面记满了他们恋爱时的甜蜜。然而，反复思量之后，她还是向男友提出了分手……

几天之后，谢微便同爷爷一起出发回了老家。

按照爷爷的指引，他们爬上了一座山坡。那是一段并不好走的山路，但爷爷走得很快，谢微明显感觉到他有些急切和激动。

终于，他们在一座坟墓前停了下来。坟的前面有一座字迹斑驳的墓碑，上面依稀写着："爱人冷雨微之墓　丈夫谢军　一九五三年九月九日"。

爷爷在墓碑前静默了片刻。之后，他用颤抖的双手，焚烧了前几天刚写的一封书信。

看到这一幕，谢微才明白过来。

她的爷爷名叫谢军，已经快 80 岁，坟墓里是他六十年前的爱人。

坐在墓碑前，谢微开始听爷爷述说故去的事。他点燃了黑色的烟锅，升腾的白雾仿佛牵引着他的思绪，来到那个战火纷飞的年代……

这是一对名叫谢军和雨微的年轻人的爱情往事。

六十年前的那个夏天，谢军还是一个 19 岁的青年。新婚半年不到，他便被通知要入伍参军，并且要奔赴战争前线。

临行前，他在一片杨树林里，与雨微道别。

"如果我回不来，我是说如果……"他的声音有些颤抖，一切都来得过于突然，他不知道自己能不能活着回来，也不能给雨微任何承诺。

"大军，一定要活着，等你回来的那一天，我还在这里等你。"雨微静静地依偎在丈夫的身旁，笃定的目光中饱含着深沉的爱意。

那天，雨微穿了一件红色的风衣，她将一张照片递给谢军。

"大军，想我的时候，就看看照片，我的心永远和你在一起……"雨微深情地握着丈夫的手，她是热烈的，甚至渴望用自己的身体，为心爱的男人遮挡枪炮。

谢军将爱人紧紧地抱进怀里，仿佛稍一松手，便会永远失去。

那一刻，他们仿佛听到了一声声的枪响，以及炮弹爆裂的声音。

战争的硝烟毁灭了无数的生命，却无法毁灭永恒的爱情。

谢军将照片放在贴身的口袋里，带着雨微的笑容奔赴前线。他们经常通信互报平安，一封封书信承载着无尽的思念与担忧。

在枪林弹雨的战场上，谢军遭遇过很多危险的时刻。

他所在的连队，曾与大部队失去联系；他们曾被一群穷凶极恶的敌人，重重包围在一片山地之间；他亲眼看着身边的战友们，一个又一个倒下去……

但不管多么困难，雨微照片上的笑容，都会给他带来坚持下去的信念。

"雨微，等我回家……"他在心里反复默念。无数个深夜里，他紧紧地握住手中的钢枪，脑海中浮现的每一幅画面都与雨微有关。

在一场战斗结束后，谢军将一只缴获的军用水壶挂在胸前，他想把它当作纪念送给雨微。但就在这时，一颗呼啸而来的炮弹突然落在了他的身旁。

弹片在水壶上留下了狰狞的弹孔，谢军倒在了敌人的尸体上。

经过抢救，谢军脱离了生命危险，但仍然昏迷不醒。

之后，他被送到了后方的医院继续治疗。八个月后，谢军的意识渐渐恢复。

此时，战争已经胜利，他醒来后的第一件事，便是去寻找自己的爱人。

回到家乡，谢军得知的却是雨微的噩耗，寻到的也只是一方矮矮的坟墓。

原来，在谢军奔赴前线之前，雨微已经怀上他的孩子。在他昏迷不醒的那几个月里，她每天都给他寄信，可是每一封信都如同石沉大海一般，杳无回音。

那日的傍晚，天空残阳如血，雨微绝望地倚靠在一棵杨树旁，默默地看着天空。

在这片树林里，谢军失踪了几个月，雨微就守候了几个月。那天，她因为早产倒在了树林中，被当地的村民发现时，已经奄奄一息。

女人分娩就像男人奔赴战场一样，是一件生死攸关的大事。雨微给大军留下了一个孩子，自己却永远地闭上了眼睛。

"雨微，我来晚了。"谢军泪流满面地跪倒在爱人的坟前，他恨自己没能在她最需要的时候，陪伴在她的身边。

不久之后，那一封封信件，终于被寄到了谢军的手中。但一切都为时已晚，在死亡面前，即便倾尽所有，也无法使结果有丝毫的改变。

悲痛之中，他亲手打磨石块，为她竖了一块墓碑，并在上面刻上他们的名字。

时光静静流逝，战争的硝烟早已散去，而有些记忆却历久弥新，永远不会磨灭。

后来，谢军被分配到另一座城市工作。在雨微的一周年祭日，他特意找到一位油画师朋

友，希望他能将黑白照片上的爱人，画成一幅彩色的油画。

不久之后，油画完成了，谢军很满意油画师的作品。在那幅色彩艳丽的油画上，雨微穿着那件红色的风衣，棕色的皮鞋，露出暖如春风的笑靥，油画的背景是他们最后一次相见的那片杨树林。

时光的流逝不动声色，转眼间又两年过去了。为了给 3 岁的孩子一个完整的家，谢军打算娶另一个女人为妻。

这是一个有着美好性情的女人，她一生未能生育，全心地照顾着谢军唯一的孩子。

但是，在谢军的内心深处，仍忘不了他故去的爱人。

那幅油画就挂在书房里，在许多个夕阳西下的傍晚，他总是望着画中的爱人出神。

久而久之，谢军的行为还是引起了妻子的不满。一场不可避免的争吵之后，他最终做出了妥协。他决定将往事封存起来，全心全意地过好当下的生活。

于是，他找来一个小皮箱，将几百封信件，连同水壶、照片和油画，锁进了一个皮箱里，并将钥匙交给了妻子，那个谢微一直称为奶奶的人。

在之后几十年时光里，谢军再也没有在妻子面前提起过雨微。

他也是爱妻子的，对她充满感激。他不希望因为自己的缘故，再去伤害另一个女人。

岁月的消磨，虽然使人衰老了容颜，但也在生命的沉淀中，诠释了陪伴的意义。

　　谢军与妻子的感情一直很融洽。退休后，他们每天都一同晨练和散步。谢军有肩周炎，为了减轻他的痛苦，妻子专门向一位中医请教，学会了针灸镇痛的方法。

　　与谢军在一起生活的几十年，他的妻子也是幸福的。当得知自己患了癌症之后，她并没有感到悲伤，甚至特意将那把钥匙，递给自己的丈夫。

　　离世前的那天夜里，她气息微弱地对丈夫说，能陪着一个正直、有爱心的男人，走过这漫长的一生，她已经非常满足。

　　谢军红着眼睛，紧紧地握着妻子的手。几十年的风雨同舟，早已让两个萍水相逢的人，成为相濡以沫的伴侣。

　　那天，下了一整夜的雨。谢军在妻子的床前静静守到了天亮，他履行了自己的承诺，陪她走完了人生的最后一程。

　　但直到妻子去世三年，谢军都没有打开那只箱子。

　　他只是在以后的日子里，总是重复做着一个奇怪的梦：他又回到当年的那片杨树林，雨微在那棵刻字的树下等着自己。他走上前去拥抱她，却发现怀里抱的是自己的妻子……

　　时光从每一个人的生命中静静滑过，丝毫不会偏颇。垂暮之年，红尘之中的记忆，都已化为遥远又亲切的眷恋，时而飘荡心间，时而随风入梦。

从老家返程的路上，爷爷对谢微说，他的时日已经不多，希望看到她结婚成家，既然感情深厚，就不该患得患失。

那天晚上，爷爷又带着谢微来到他的书房。他从书架的最底层拿出了一个老式小皮箱，皮箱的提手下嵌着一个铜质锁扣。

从抽屉里拿出钥匙，谢微看着爷爷打开了这个尘封已久的箱子。

箱子里面有一只军用水壶，一个装满信件的绿书包，一张发黄的黑白老照片，以及一幅斑驳的油画。

他小心翼翼地拿起箱子里的物品，轻轻地放到书桌上。

谢微发现，照片上的女孩和油画上的是同一个人。那是一张安静而清秀的脸，梳着长长的马尾辫，一身飘逸的长裙，棕色的皮鞋。

这便是墓碑上那个名叫雨微的女孩。

谢微轻轻地抚摸着水壶上的那个弹孔，仿佛上面还带着子弹穿过后的余温。

那天，她决定半年后就辞掉工作，到她的恋人身边去，用余生与他相依相伴。

其实，谢微并不知道，那个晚上，爷爷在听完她的节目后，也曾打开过这个箱子。坐在书桌前，抚摸着那些物品，他的心

情和他的双手一样，微微颤抖着。

他打开了那一封封当年的信件，纸张之上，那清秀的笔迹竟然从未褪色。

透过熟悉的字体，那些曾相互依偎的日子，仿佛又浮现在他的眼前。

他忽然很想去再看看她，哪怕只是一方矮矮的坟墓。

于是，他给她写了一封信，又从箱子里拿出那只当年未能亲手送给她的军用水壶，准备在她几天后的祭日，像年轻时一样，再去寻她。

之后，他拿起毛笔，在宣纸上写起了书法……

当爱情成为一种永久的怀念，也是它持续存在的一种形式。

而且随着光阴的沉淀，反而显出更为柔韧的质地，散发出愈加迷人的光泽。

谢微的最后一次播音，讲述的便是爷爷的故事，关于他的青春，关于他的爱情。

那天，她又一次郑重地戴上播音耳机。

当隔音玻璃上的电子钟进入 5 秒倒计时，她调整着自己的情绪与呼吸，北京时间晚上 9 点整，准时开启了面前的定向话筒。

"亲爱的听众朋友们，晚上好！欢迎收听深夜情感节目《老情书》，我是你们的老朋友谢微，感谢的谢，微笑的微。今天，我为大家讲述的故事，叫作'锁在箱子里的爱情'，这是我爷爷的故事，他在一个月前离开了这个世界……"

在讲述的过程中，谢微的脑海中不断浮现爷爷年轻时的画面：在杨树林、在战壕中、在山中雨微的坟墓旁……

在渐行渐远的时光中，生命的沉香馥郁着芬芳。

那是一段穿梭光阴的爱情，也是一幕正在上演的故事。

某个瞬间，她特别希望，爷爷能隔着音波，听到她的声音，也听到她的怀想：时光的洪流虽然吞噬了他们的生命，却无法淹没他们的爱情……

节目结束之后，谢微的手机响起一声震动，是男友发来的消息。原来，她远方的恋人，也在倾听着她的讲述，并在心里向她伸开了双臂。

看着屏幕上的文字，仅是一瞬间，她的眼角便沾满泪水。

在她幸福的泪花之中，反复闪现着一行字："却顾所来径，苍苍横翠微。"

III

给时光以温柔，给岁月以颜色

我们无数次相拥，我们漫步于青春的渡口。

我爱那个爱着我的你，而你却只能遗忘我。

我爱那个爱过你的我，但我却伤害你太多。

我们的爱情，终于还是被命运无情裱起，

悬挂于斑驳的墙壁，定格成一首悲伤的诗。

你的面庞，变幻着色彩，碾过我所有记忆。

我只能在每个难眠的深夜，拥紧你的影子。

那些爱情，至死方休

每当被折磨到绝望的时候，她都会临窗坐在凄凉的月光下，望着遥远的夜空和繁星出神。

她无数次想，如果那天死的是自己多好。

也许，他只会怀念她，而不是像现在这样，如此憎恨和虐待她。

有人说，人人生而自由，却无往不在枷锁之中。

爱情又何尝不是呢？人们享受着爱的美好和甜蜜，却往往也逃不出爱的枷锁与捆绑。

也许一次无心的任意而为，就可能导致一个人命运的完全失控。

从公寓楼三层一跃而下的那一刻，陆明的怀里抱着的是江夏生前穿过的睡衣。

那晚，安琪被送到了市郊的精神病院。

在精神病院的接待室里，安琪的母亲哭成了泪人。她无法想象，曾经活泼可爱的女儿，如今竟变得面容憔悴，整个人如同一潭死水，毫无生气。

而对于陆明来说，十年前的那个夜晚如同噩梦一般，缠绕在他心里，始终挥之不去。

当然，和他在一起的安琪，也一直不好过。

他们之间，似乎隔着一片永难散去的阴影，她的名字叫江夏。

那是一个深秋的夜晚，路边的落叶呼呼地打着旋儿，就像死神的裙摆在迎风舞动。

陆明像往常一样开车去接江夏，副驾驶座位上放着他亲手烹煮的夜宵。

江夏是江滨医院的妇产科医生，由于岗位特殊，经常要值夜班。每次下班，不论多晚，陆明都要亲自开车去接她。

妇产科的张主任一看到陆明的那辆红色 POLO，便和江夏开起了玩笑："小江，你的护花使者又来了。"

江夏和同事交接完工作后，一脸幸福地坐进了陆明的车子。车外的大千世界又冰又冷，却不妨碍车内二人世界的甜蜜和温馨。

一路上，江夏和陆明有说有笑。半年了，恋爱的甜蜜一点也没有衰退。就在江夏准备将自己怀孕的喜讯告诉陆明时，一阵急促的手机铃响突然打断了她。

很多年后，当陆明回忆起那晚经历的一切时，还是会忍不住想，假如没有那个电话，也许所有的事情都会是另一种样子。

但事情就是这样发生了，那个电话不仅剥夺了属于陆明的爱情和孩子，也毁灭了原本可能属于他的幸福。

电话是安琪打来的，她是陆明的前女友。同在日本留学时，他们曾有过甜美的恋爱时光。

安琪的父母都是大型外企的高管，优越的家庭条件使她难免有些大小姐的脾性。但陆明喜欢安琪的率真，用他的话说，安琪是一个敢爱敢恨的好姑娘。

他们分手的原因很简单，仅仅是因为陆明睡觉打鼾，影响了安琪的睡眠。但陆明的心里很清楚，安琪嫌弃的并不是他的鼾声，而是他普通的出身。

分手三个月后，安琪在父母的安排下，和一个"门当户对"的富二代走在了一起。但在他们准备订婚的前一晚，安琪却突然改变了主意。

上流社会的锦衣玉食和虚情假意，让安琪感到厌倦和疲惫。她很怀念和陆明在一起的生活，简单朴实，笑语缠绵。

她没有办法欺骗自己，因为她知道心里最爱的还是陆明。

在得知陆明已经恋爱，并且打算结婚的消息后，安琪孤身一人来到江滨大桥，决心以一种极端的方式，挽回她的爱情。

站在桥上，安琪拨通了那个熟悉的号码。

半个小时后，陆明的 POLO 便停在了江滨大桥旁。

深秋的江边，刮着刺骨的寒风，清冷的月光打在波涛汹涌的江面上，让人不敢驻足观望。

"郑安琪，你疯了吗？快给我下来，立刻，马上！"看到坐在桥栏上的安琪，陆明怒吼道。

那一刻，安琪非但没有生气，反而还感到几分快慰。

"他还是爱我的。"安琪在心里默想着。

当陆明关上车门，疾步向安琪走去的时候，坐在副驾座位上的江夏，仿佛坠入了无底的深渊。

尽管就在半小时前，她还十分大度地鼓励陆明："亲爱的，不要为难，我陪你一起去，你和她把话说清。"

而此时此刻，江夏却极为后悔，她甚至开始埋怨起自己的男朋友——都快要做爸爸了，却还在和过往的女人纠缠不清。她越想越难过，终于忍无可忍地冲出了车门。

"你还是爱我的，你不答应我离开她，我就跳下去！"安琪像以前和陆明在一起时一样，不讲道理，甚至蛮横，以为自己想要的一切，都可以轻易得到。

陆明是不可能答应她的，但是又没办法，他只能沉默。

"陆明，你不能离开我，我已经怀孕了。"一向温柔的江夏也哭喊道。

就在这时，桥栏上突然上演了惊人的一幕：安琪纵身跳入冰冷的江中，陆明紧随其后，也一头扎进了水里。

陆明对安琪的紧张，使江夏的心中充满了委屈和嫉妒。她失落地站在江边，眼睁睁地看着自己的男友跳入江中，奋不顾身地去营救另一个女人。

情绪失控的江夏，在岸边疯狂呼喊，突然她纵身一跃，也跳进了冰冷的江水中。

过了十分钟左右，陆明将安琪救了上来，却发现江夏的披肩漂浮在水面上。

陆明在江边不断地呼喊，江面上一片沉寂。几个小时之后，江夏才被打捞上来。

把已经没有了温度的身体搂在怀里，陆明闻到了江夏身上有江水的味道。他用沙哑的声音不断哽咽着说："江夏，不要离开我，我不能没有你……"

一些事情之所以残酷就在于，有些话错过了再开口，已经没有意义；有些事发生了，便再也覆水难收。

陆明就这样紧紧地抱着江夏，身边是浑身湿透，目光呆滞的安琪。不知过了多久，人们听到了陆明撕心裂肺的哭喊声。

很多人想要把江夏从陆明怀里带走，但不管他们怎么努力，陆明就是死死不放手。

当陆明从江夏的脖颈中抬起头，眼里早已没有了泪，冷酷的表情，绝望的眼神，看向了每一个伸手过来的人，他们都害怕得退缩了。

"让我再多抱抱她……"陆明不停地说着，就这样不顾一切地抱着江夏两个小时。

之后，陆明被赶来的医生打了一针，随即便睡了过去。

众人散去之后，江边又陷入了平静，像是什么也没有发生过。

或许，一个人的存在本身，就意味着对另一个人的伤害。而对陆明来说，他的存在和失误，不仅伤害了两个女人，也伤害了他自己。

安琪选择了留在陆明身边。

只是自责与愧疚太深，早已在他们心中筑起高高的城墙。

更让安琪想不到的是，陆明像变了一个人。尽管他白天正常工作，一如既往地沉稳干练，但每到夜晚，他就变得十分可怕。

陆明不让安琪动江夏的任何物品，一旦有不如意，便揪住安琪的头发，粗暴地将她撞在墙上，或者推倒在冰冷的地板上。

"陆明，我知道你心里一直在怨我，江夏的事情我也很难过。我是太爱你了，才做了傻事。陆明，对不起……"最开始，安琪总是泣不成声地道歉。

"你对不起的不是我，是江夏！我也对不起她……"陆明也总会歇斯底里地咆哮着，安琪看到的是一双布满血丝的眼睛，充满愤怒和无助。

每每此时，她再也说不出话，如果他的暴力发泄能让他好过一些，她愿意承受这一切。

或许，爱到不能自已，便不会去计较代价。更何况，还带着深重的罪恶感？

这样的生活，安琪过了两年。她一直忍受着，从不向任何人诉说。

对她来说，只要还能发自内心地爱着一个人，人生便还有一些意义。哪怕不能完全拥有他的心，但能与他一起生活，也是好的。

只是，每当被折磨到绝望的时候，她都会临窗坐在凄凉的月光下，望着遥远的夜空和繁星出神。

她无数次想，如果那天死的是自己多好。

也许，他只会怀念她，而不是像现在这样，如此憎恨和虐待她。

这个世界上哪有那么多如果呢？

残酷的是，从来就没有如果的事。

又一个晚上，工作晚归的安琪，竟发现陆明抱着江夏以前穿过的睡衣睡着了，眼角留着哭过的泪痕。

安琪的心像被针刺一般地疼痛，眼泪禁不住往下掉。但她强忍着的轻微的哭声，还是吵醒了眼前的男人。

陆明一阵惊慌失措，神志不清的他开始愤怒起来，随手拿起身边的皮带，不断地抽打着安琪。他总是控制不住自己，好像每一鞭都打在自己身上。

安琪不会逃脱，也不会出声。她知道第二天陆明清醒时，又会变得儒雅起来，他会向她道歉，会为她擦拭身上的伤痕。到那时，她又会觉得，他还是爱她的。

但这一次，并未像安琪想象的那样。

陆明在像往常一样，将她暴打一顿之后，自己也崩溃了。他盯着满身伤痕的妻子，心里的愧疚和悔恨更深了一重。他突然有了一个让自己解脱的想法，他不愿再这样活下去。

于是，陆明抱起江夏的睡衣，摇晃着身体，跌跌撞撞地走到阳台边。之后，他拉开窗帘，打开窗，登上窗栏，纵身跳下。

窗外是死寂一般的夜。有些浅睡中的邻居听到了重重的坠落声。

或许，这个世界上还有一种信仰，那就是，一个人心中带着至深的忏悔念念不忘，并凭此抵达他们内心所期待的救赎。

这种信仰让人们觉得悲与喜都变得卑微起来，只要可以活下来，可以呼吸、吃饭和睡觉，可以从日出坚持活到日落，再从夜晚坚持活到黎明。

于他们而言，如此，也便是完满的一生了。

陆明最后被抢救了过来，腿部严重骨折。

半年后，安琪从精神病院出来，重新回到陆明身边照顾他。但有些事情，在他们心里是永远过不去的，只是没有人再轻易提及。

就这样过了三年。陆明偶尔还是会抱着那件睡衣入睡，去寻找记忆中熟悉的一种味道。

安琪看到后，也不会再哭泣。她会在第二天早上，悄无声息地将睡衣折得平平整整，然后放进永远都属于江夏的衣柜里。

可叹的是，蝴蝶终究飞不过爱的沧海。

纵使拥有飞蛾扑火的勇气又如何呢？

又过了一年，陆明终于接受了安琪的要求，他们打算要一个孩子。

孩子出生后，安琪为她取名"陆江夏"。

一首歌里这样唱：你是我的红药水，他只是杯黑咖啡；你会问我累不累，他却让我不能睡。我们的关系比他珍贵，我们的命运殊途同归。

在无数个难眠深夜里，安琪会静静地看着自己的丈夫；闻着黑咖啡的浓香漫溢整个房间，她也会想起潜伏在记忆深处的那个身影。

一个用情过深的女人，如果用尽力气与爱情这件事针锋相对，可能她最后只有两种结局：要么疯狂，要么平静。

安琪最终走向了平静。

最终，她成为他的红药水，他只是她的黑咖啡。

三年后的一天，她默默地看着陆明送女儿上学的背影。

陆明一瘸一拐地跟在孩子身后，充满疼爱地向女儿喊着："陆江夏，慢点儿跑，小心别摔着……"

情到深处人孤独

章小糖终于抵达了一个叫西雅图的远方。

那是一个因微软、星巴克咖啡、波音飞机和下雨而闻名的城市。

她在绝美的星空下寻找归宿，却发现自己终究只是一个过客。

如果命运是大海，爱便是藏匿着的河流，于无数不死的心灵之中奔流不息。

而河流最终要奔向大海，爱终究也逃不开命运。只是痴迷于爱恋的人，至死也要抵达它的怀抱。

收到章小糖葬礼的通知时，韩宇很愕然，随即他又觉得了然。这是一个他为之偏执的女孩，23 岁的年纪，正值美好的青春年华。

　　致使一个高傲女孩香消玉殒的真正缘由，外人是无法知晓的。除了一直深爱她的韩宇，以及她的研究生导师苏慕。

　　陷入一场无望的爱恋，选择彻底逃离，也许是她必然的收梢。

　　她哪里明白，在绝望的爱情中，爱得越是激烈与执着，便越是无路可逃。

　　纵使赔上性命，燃烧成灰烬，也不过是徒增一重悲伤而已。

　　几天以前，章小糖拨通苏慕的电话时，正是西雅图的凌晨，那是他们最后一次通电话。

　　"苏慕，你知道吗？西雅图的夜空很美，美得让人窒息。"章小糖说。

　　那时，她正站在高楼之上，仰望着满天繁星。

　　这是一个纯粹的女孩，对身边的世界有着极为敏感的触觉，她的心高贵而丰盈。

　　从这一点来看，她与苏慕是一样的。

　　"小糖，你好吗？"苏慕低沉的嗓音从听筒里传来，章小糖感觉到这个声音陌生又熟悉，如同西雅图的夜空一般深邃而清冷。

"爱你是我今生做过最好的事，却不是最对的。"章小糖没有回答苏慕的问话，"你的目光就在我心里，如同遥远的星河，永远可望而不可即，却又将我整个吞没。"

章小糖的话也许是说给自己听的。她像一个处于痴迷状态的诗人，自顾自地吟诵着心中的诗句。

"小糖，不要做傻事！"苏慕觉察出了异样，他焦急地喊道。

但电话的那一端再无声音，章小糖已将手机扔掉。

她同夜空中那颗正滑落的流星一起，划过无边深沉的夜色。

此时，苏慕的手机也掉在地上。他的胸口一阵抽搐，嘴角随即流出鲜血，之后便倒在了沙发上……

两年前，章小糖如愿考取心仪已久的文艺学专业研究生。同时，她也遇到了一个愿意倾其所有去爱的人。但是这一次，命运之神与她开了一个玩笑，让她爱上了一个在情理和道德上，都不应该去爱的人。

那是一个名叫苏慕的男人，已步入不惑之年。他是校园里著名的"白马诗人"，开设了极受欢迎的"诗歌美学"课程。当然，他也是章小糖的研究生导师。

在章小糖的眼中，苏慕是完美的。他学识渊博，深沉而不失风趣，言谈举止中又处处散发着成熟男人的魅力。苏慕的这些优点，几乎满足了章小糖对一个男人所有的幻想。

但暗恋是这个世界上最美妙，又最痛苦的感情。渴望吸引一个人的目光是何种滋味，章小糖心里最是清楚。

见到苏慕时，她会尽力地将自己无限放大，她想让他看到自己的闪耀；

想念他时，她又会努力地将自己无限缩小，让心中的那份朝思暮想不至于被世俗惊扰。

章小糖最喜欢听到苏慕的赞赏，每当他在众人面前说："小糖同学，理解得非常好！"有时候，这种独有的称赞会让章小糖陶醉其中，她知道自己是最能理解他的人。

但更多的时候，她又对这句话深恶痛绝，因为每次赞叹又都是一次残忍的提醒，这个提醒犹如紧箍咒一般，紧紧罩住她的思想和心灵。

尽管她偶尔也会想，相对于许多暗恋中的人，她是幸福的。因为她几乎日日可以见到想见的人，哪怕终有一别，至少也有三年的时光，可以接受他的"教诲"。

然而，她又是最不幸的，因为无论如何，她的爱情是见不得光的。

她无力改变这样一个事实：她是他的学生，现在是，以后是，永远都是。

那是一个无风的黄昏，夕阳静静地铺在湖面上。

章小糖坐在湖边，将她在情感上的痛苦述说给韩宇听。

这是一个阳光灿烂的大男孩，自大二时便爱上章小糖。几年的时间，他一直追随她左右，只是为了能在不远处守护她。

章小糖也喜欢韩宇，但她很清楚，他们可以是最好的朋友，可以说心里话，但这种感情与爱情无关。这一切韩宇都是懂得的，只是，他和她一样偏执。

"世上有那么多男人，为什么偏偏是他？"韩宇不无悲伤地问。

望着天边的夕阳，章小糖淡然地说："韩宇，我不知道为什么，但确实是他。"随后，她又加了一句，"这样的男人，一旦遇到了，我没有办法做到不爱他。"

其实，章小糖对苏慕的感情是欲罢不能的。

她喜欢他讲课的样子，喜欢他的声音，喜欢他的一切。

她痴迷于他在课堂上朗诵的那首《波兰来客》："那时我们有梦，关于爱情，关于文学，关于一场穿越世界的旅行……"

那时，在章小糖的梦里，恰好也有爱情。并且是一场因文学而生的爱情，一场因爱情而想要穿越全世界的旅行。

然而，章小糖并不知晓，她所有的心思，苏慕早已心知肚明。

诗人的气质，也同样赋予了他一颗敏感而细腻的心。

当她那双清澈的眼眸看向他时，他便读出了她眼神中的一切秘密：她爱他，不是一种单纯的崇拜，而是一种出自本能的爱。

在苏慕的眼中，章小糖满腹才华，智慧而灵动。她曾无数次令他刮目相看，她的见解也总是与他不谋而合。她甚至于不经意间，早已将他深埋于心的某种激情点燃。

不得不承认，他们棋逢对手，他们是彼此心灵上的知音。

假如没有那些现实的束缚，没有身上的责任和道德，苏慕真希望能和她谈一场轰轰烈烈的恋爱，只是理智无时无刻不在告诫他，绝不能对她动情。

越是拼命克制，他的心却越是不听从他的指挥。尽管他原本打算将这种感情的萌芽及时扼杀，但心里舍不得这份毫无杂质的爱。

他害怕伤害她，又不想失去她。这是他的魔咒，或者说，任何一个普通男人的魔咒。

于是，他们没有靠得太近，也没有走得太远。

他们默契地谈起了精神上的恋爱。

然而，即便是如此，他们的情感依然不能长久持续。

苏慕喜欢在自己的书房里，举办小型读书会，这样既能指导学生，又能在家中陪伴妻子。

是的，苏慕有妻子，他们的结合也曾是一段佳话。同窗好友、缠绵恋人、交好世家，这些词语都能用在他们身上。

或许他们是上帝在心情极好时创造的一对，一切都曾是如此契合。

但是，邪恶的妒神似乎是在嫉妒他们的幸福。由于一次意外，他的妻子和年幼的女儿遭遇了残酷的车祸。女儿离开人世，妻子失去了双腿。

知道这些之后，章小糖对苏慕更多了几分心疼。在她心中，苏慕是艺术家，他应该拥有浪漫自由的生活，却不得不每日照顾卧床的妻子。

她当然更知道，苏慕也是一个负责任的男人。发生了这样的悲剧，他是无论如何不会不管妻子。了解了这一切，虽然令章小糖有些隐隐的失落，却也让她感到欣慰。因为她爱上的男人，应该是这样的，他给出的爱也应该是成熟的。

然而，即使知道苏慕不会应允自己任何未来，章小糖也甘愿沉沦。

哪怕这样的沦陷，如同一个无底深渊。

苏慕的读书会，章小糖每次都会到场。

她积极地回应着苏慕的每一个话题。从她的目光中，苏慕仿佛看到妻子年轻时的身影，以及女儿如若活着时的样子。

　　其实，自从那场车祸之后，苏慕便常常感到心神不宁。他忘不了女儿最后的眼神，有时，他望着章小糖，甚至会想起自己的女儿。

　　无数个日日夜夜，苏慕都是在懊悔与自责中度过的。车祸当天，若不是赶上校庆活动，去接女儿放学的就应该是他。那样，妻子也许就不会出事，女儿也许就不会死了……

　　都说书本中藏着疗愈心灵的良药，苏慕却始终没能找到。为了平复心情，他只能一支接一支地抽烟。

　　香烟的燃起与幻灭，让他一次又一次地重温着刹那间的生离死别。那些袅袅腾挪的烟气，就像从秽土中转生的凤凰一样，每一次重生都令他痛得酣畅淋漓。

　　苏慕的妻子同样有着一颗敏感的心，在一次无意的对视中，她竟从章小糖的眼中看到一丝羡慕。

　　那是一种只有女人才能理解的感情，如果不是因为身旁的那个男人，一个失去双腿的女人，又有什么值得羡慕的呢？

　　就这样，她洞察了章小糖心底隐藏的秘密。一个遭受过命运重创的女人，对一个威胁到自己婚姻与家庭的女人，做什么似乎都是合理的。

很快，章小糖也觉察到背后那双温柔而犀利的眼睛。她毫不畏惧地等待着那最后的"审判"，但一切都出乎她的意料。

那个坐在轮椅上的女人，脸上写满岁月的沧桑。她温和地说："苏慕一直陪着我，这么多年，他过得太苦了。我知道你们的感情，我来劝他离开我，你好好照顾他……"

那一刻，章小糖内心的良知和道德都在无情地鞭打她，她忽然感到一阵前所未有的羞耻，她宁愿自己被对方狠狠地打骂，也不愿忍受这灵魂的熬煎。

"也许，她比我更需要他。"章小糖的胸口隐隐作痛。她很清楚，苏慕宁愿自己受苦，也不会离开妻子。如果他选择离开，她也不会再爱他了。

当妻子一次次提出离婚的请求时，敏感的苏慕立即明白了一切。他感到无地自容，犹豫再三，还是剪断了对章小糖在精神上的最后一丝迷恋。

他开始处处躲避她，从目光到每一个熟悉的角落。这一切，都令她看在眼里，疼在心里。

对于以爱为生的章小糖来说，得不到真爱便意味着走向绝望。就像一朵失去阳光的向日葵，等待她的，只有枯萎。

那一刻，她想起《波兰来客》那首诗里的后半句："如今我们深夜饮酒，杯子碰到一起，都是梦破碎的声音。"

没想到一语成谶。她的爱情深入骨髓，却只能在破碎的命运中恣意沉沦。

向来缘浅，奈何情深？苏慕终是像预料中的那样，走出了章小糖的世界。

当然，苏慕并不是没有犹疑。那个夜晚，他在书房里彻夜未眠。他反复思量，看着指间的香烟，一点一点燃成灰烬。

不知何时，长长的烟灰突然断裂，夹着昏黄的火星儿撒落在桌面上。苏慕心头一紧，所有的私心与杂念，都在那一瞬间找到了它们应有的居所。

为了保护两个心爱的女人，也为了摆脱内心深处的负罪感，他最终决定给章小糖一种他能给出的最好的爱，那就是放弃她、远离她。

或许这的确是最好的决定，但苏慕没想到的是，这样的决定，足以让章小糖遍体鳞伤。她是纯粹的，也是脆弱的。

当无数恋人身陷权衡利弊、斤斤计较的泥淖时，章小糖义无反顾地选择了离开。她要用一场轰轰烈烈的放逐，为爱人献上最动人的祝福。

不久，章小糖便办了退学手续。她爱苏慕，爱到不想成为他的拖累。也不愿看到心爱的人，在道德与良心的审判中，无法获得平静和安宁。

"小糖，你自由了。你应该去过年轻人都在过的简单生活，拥有年轻人应该拥有的爱情。"她这样安慰自己，想着想着，眼泪竟沾湿了衣襟。

那天，到机场为章小糖送行的人是韩宇。

"小糖，我等你回来，相信我，一切都会不一样的。"他依旧是那么固执。

"只要生命中的那个人出现过，其他人都会成为将就。"章小糖用近乎残酷的语气说。

"既然是将就，以后在一起的人，是谁都不再重要了。让我照顾你好吗？"韩宇拥抱着章小糖说，"不管有没有结局，我觉得，爱你都是今生最好的决定。"

那一刻，韩宇似乎忘了，章小糖和他一样，都不愿将就。

望着章小糖转身离去的背影，韩宇心底的执着碎成了一地的泪珠。

他未曾想到，机场一别竟是永诀。

章小糖终于抵达了一个叫西雅图的远方。

那是一个因微软、星巴克咖啡、波音飞机和下雨而闻名的城市。

她在绝美的星空下寻找归宿，却发现自己终究只是一个过客。

那一刻，她才惊觉，在到达远方的那一刻，远方便死去了。对于一颗自我放逐的灵魂来说，仅仅换一个空间是多么无济于事，难以摆脱的痛楚仍然如影随形。

为了能在爱情中继续逃亡，她决绝地摆脱了生命的捆缚，从一个荒芜的远方坠落，向一个更加荒芜的远方追逐。

在极度偏执的爱情中，爱只会使人走向毁灭。

章小糖哪里明白，在绝望的爱情中，爱得越是激烈与执着，便越是无路可逃。

纵使赔上性命，燃烧成灰烬，也不过是徒增一重悲伤而已。

于是，在章小糖的追悼会上，人们看到了两个极度悲伤的男人。他们都在内心深深埋怨自己的过失。

真正深沉的爱，往往是无言的。情不至深处，心不会泣血。

两个男人，他们看了彼此一眼，都没有说话，各自将一束白色的雏菊，轻轻地放在了爱人的遗像旁。

山海皆可平，难平是人心

我们常以为，是距离让爱情消失了踪迹，却不曾意识到，那个人或许早已铭刻在心上。

从此岸到彼岸，隔着遥远的路程，有些人需要用尽一生，不倦跋涉。

在气流的冲撞中，飞机轻微地起伏着，像一个飞行中的摇篮。

云层之上夜色苍茫，海伦微闭着眼睛靠在座位上，艰难地梳理着自己的思绪。

那一刻，她心里反复思量的身影，不是自己的丈夫，而是另一个男人。他的名字叫梅舟，几年以前，他也是乘坐这架航班，飞往新西兰留学。

那时，梅舟还是海伦的男友。她曾经以为，他就是与自己厮守一生的人。竟不想，爱情的弧线只是稍稍偏离，便再也无法追回。

一个寂静的夜晚，看完一封封沉寂了多年的邮件，断裂的思念又重新浓烈起来。

这或许就是岁月沉淀下来的爱意。每一次深深的念想都使她窒息，让她欲罢不能。

无数个哭湿枕畔的深夜，海伦总是想起，当年与梅舟分别的那一幕。

在人声鼎沸的候机大厅内，他们依依不舍。梅舟用很深的瞳孔看着她，手掌轻抚着她的脸庞说："亲爱的，一定要替我照顾好自己……"

话音未落，她便将脸埋在他的脖颈处，泣不成声。

那天，梅舟穿着灰色衬衫，海伦的眼泪打湿了他的肩头。

对于恋人来说，惜别的时刻，因为珍贵而分秒必争。不知不觉中，这样的情形已经持续了许久。前来送别的几位好友，最初还开着他们的玩笑，后来便开始焦急地催促："好啦，该登机了，不然真要误了，来日方长嘛！"

梅舟要去奥克兰大学读研究生，那是新西兰最好的大学。在收到入学通知书时，他们先是一阵喜悦，但想到很快就要分开，两人又伤感起来。

没想到在离别的那一刻，他们的情绪竟难以自控。在飞机

起飞时，海伦的心如同被掏空了一般难受。

那日的天空有些阴霾，海伦目送着飞机消失于天际。

海伦与梅舟的爱情马拉松，早在高中毕业时便已经开始起跑。

那时，他们都考上了不错的大学，只不过海伦在上海，梅舟在北京。所幸的是，大学四年的异地恋，不但没有使他们产生隔阂，反而还拉近了彼此在心理上的距离。

他们的感情一直很好，没有争吵，没有计较，有的只是永无休止的念想。

在海伦心中，梅舟是一个温暖贴心的人，1.78米的身高，喜欢篮球，喜欢摄影。他经常挎着相机，面带微笑地对着或漫步，或发呆的海伦说："亲爱的，来一张特写喽！"

梅舟拍摄的每一张照片里，海伦都是最美的风景。他们沉浸在朝夕相处的幸福中，每一个眼神，每一句话语中都充满了温柔与甜蜜。

梅舟是浪漫的，他时常给海伦制造一些意想不到的惊喜：

在平安夜，他曾变身为圣诞老人，为她送去精美的礼物；在阴雨天，他突然出现在她身边，为她撑起一片无雨的晴空……

大学期间，他们把有限的生活费，大半都花费在假期的小聚上。若有闲暇的时光，他们便会前往彼此所在的城市，或是感受上海的时尚繁华，或是体验北京的古典大气。

　　毕业后，带着"因为一个人，奔赴到一座城"的勇气，海伦从上海来到北京。

　　对于一对坚守了四年的异地恋人来说，这次长途跋涉意义重大。他们都觉得，四年的苦苦等待终于没有白费。

　　两个月后，梅舟帮海伦在 798 艺术区内的一家画廊，找到了一份会展策划的工作。从那以后，海伦开始了朝九晚五的上班生活。

　　爱情滋润下的海伦，脸上时时刻刻都带着笑容。那段时光，她感到一种前所未有的愉悦与充实。

　　直到半年后，梅舟收到了奥克兰大学的入学通知书，他们渐渐安稳的日子，便又开始生长出新的离愁别绪。

　　梅舟对他们的爱情充满信心，却忽略了世间并没有绝对的事。

　　去新西兰之前，梅舟特意拜托自己最好的朋友戴维照顾海伦。可是他怎么也没想到，自己最信任的两个人，竟然一起背叛了自己。

　　远在大洋彼岸的梅舟，除了应付繁忙的课业，利用课余时间打工之外，每天仍不忘对海伦嘘寒问暖。他对她的关怀无微不至，小到一餐一饭的营养卫生，大到事业与人生的蓝图前景，他都要不厌其烦地反复叮嘱，仿佛他们从未分开过一样。

在一年后的一天晚上，正当梅舟拿着电话，向海伦描述着他们未来的生活图景时，却突然听到海伦说："我们分手吧。"

她的声音很低，却坚定得不容置疑。

海伦向梅舟抱怨了很多自己的辛苦，她说，在最需要他的时候，他总不在身边；她说，还有两年，她不知道自己能不能坚持下去。

听到这里，梅舟感觉到海伦的动摇。他斩钉截铁地想给她信心："我明天就回国，为了你，我愿意放弃学业！"

海伦的声音有些慌乱，她连忙说："你不用回来，我觉得我们并不合适。你不要意气用事，把书念完……"

"等我回去……"梅舟的话还没说完，电话那头便只剩下"嘟嘟嘟"的忙音。

之后，便再也打不通。

第二天早上，梅舟在赶往机场的途中，突然收到戴维的一条消息："我会照顾好海伦的，她和我在一起会更幸福。"

那一瞬间，他什么都明白了。海伦的身影突然就像一面镜子，在他的脑海中轰然倒塌，碎落满地的悲伤。

失恋的梅舟如同丢了魂魄，跌跌撞撞地走出了自己苦心经营的爱情世界。他紧紧握住手中的拉杆箱，如同握住那枚打算送给海伦的戒指。

回到寝室，梅舟在床上躺了两天两夜。

室友史蒂文担心他会出事，便将他从床上拉了起来。

"你是不是哪里不舒服？要不要我带你去看医生？"史蒂文关切地问。

"我失去了她……"梅舟满脸伤感地回答。

"别太难过，我带你出去散散心好吗？"史蒂文拍了拍梅舟的肩膀说。

"陪我聊聊天吧。"梅舟说着，眼眶有些湿润，"我一直以为，恋人之间，不管距离多么遥远，只要心中有爱、有念想，即使天涯相隔也像是在咫尺之间。我们相恋这么多年，虽然聚少离多，但感情一直很好，我不明白，究竟是哪里出了问题……"

"心与心之间的距离是最近的，也是最远的。人总是会变的，即使两个人曾经很相爱，他们彼此的心灵也无法始终同行。"史蒂文劝慰说。

"这些年是我对她亏欠太多，答应她的很多事都还没做。

我曾说过，要用我的眼睛让她看到新西兰最美的风景。现在，我想是该兑现承诺了，也许她会回心转意的。"梅舟自言自语道，他似乎没有听到史蒂文的忠告。

那晚，伴着撕心裂肺的痛苦，梅舟彻夜未眠。天亮的时候，他的世界仍旧笼罩在一片黑暗之中。

之后的一年，梅舟每天都拿着相机，将生活中有趣的场景一帧一帧地记录下来，然后将照片和文字发到海伦申请的情侣邮箱里。

为了能拍到更多有意义的照片，梅舟几乎走遍了新西兰的每一寸土地。从城市到乡间，从草原到海边，他背着相机，不肯放过任何一个精彩的瞬间。

当海伦的邮箱里堆积了三百多封未读邮件时，梅舟忽然听说了海伦即将结婚的消息。在令人痛彻心扉的现实面前，梅舟心灰意冷地选择了退出，他为曾经的恋人和朋友送去了祝福，也为自己的爱情画上了一个无奈的终止符。

那天，梅舟的脑海中反复地出现一个数字：12000 公里，这是北京到新西兰的距离。

他们的距离只有这么远，但他们的心隔着一道永远也无法逾越的裂痕，他们被抛在裂痕的两边，中间隔着的是烟波浩渺的滚滚红尘。

或许，人总要学会放下，那些弃你而去的东西，终将以另一种形式给你补偿。

　　毕业后，梅舟留在了新西兰，并与当地的一位姑娘步入了婚姻殿堂。

　　又过了两年，梅舟如愿以偿地开办了自己的摄影工作室，并与妻子经营着一家牧场。他是幸福的，也是幸运的，工作与生活都与最初的梦想不谋而合。

　　而此时，海伦与戴维的婚姻却再也无法维持，他们渐渐地成了两个不在同一磁场的人，甚至因爱生恨，反目成仇。

　　的确，爱情故事中，从来不乏那些因爱生恨的情节。

　　他是你的恋人，也是你的敌人。

　　结婚后不久，戴维多次出轨，他还公然将新女友的照片发给海伦，故意气她。作为报复，海伦也开始频繁地和其他男人约会。他们就这样互不相让，固执地伤害彼此。

　　在一个夜深人静的夜晚，压抑的情绪最终演变成一场覆水难收的宣泄。

　　激烈的争吵之中，戴维失手砸碎了墙上的婚纱相框，海伦一怒之下，撕碎了他们的结婚影集。他们的婚姻就这样病入膏肓，无从医治。

　　婚姻的破裂，使海伦痛不欲生。然而，真正令她久久不能释怀的是，与自己同床共枕的男人，似乎始终离她很远。

几年来，她用悔恨的枯藤做成了行囊，最终却奔向了一个布满荆棘的他乡。

终于，海伦打开了曾经那个只记录着甜蜜爱情的邮箱。

看到那一封封邮件，新西兰各处的风景扑面而来，高远的天空、海边的鸥鸟、碧绿的草原、充满思念的话语……

眼前所看到的一切，使海伦坠入了无边疼痛的深渊。

她越来越怀念与梅舟一起度过的时光，那些即便遥远但亲切的日子。

只是，终于懂得爱，最好的爱却已经走远。她开始独自怀念，开始在空旷的暗夜里，任性地放逐自己。

海伦留心过，无数个夜晚，当她从清华大学南门走到五道口地铁站，那刚好是一支烟的时间。路边的树木在路灯下的影子，从某个角度看去，像一个人的影子打在地面上。

海伦总觉得，那个影子像是梅舟的，那是一条他们曾无数次踏足过的街道，那条街上洒满了他们并肩而行、相互依偎的曾经……

是呵，她曾经是幸福的，在那些温暖的春日，在伞下的晴天，在无数个有他的梦里。

终于，海伦还是想要做出最后的争取。从朋友那里得知了梅舟的地址，她决定到新西兰去看望他。

然而，在飞去新西兰的航班上，她反复怀想，却不曾想到，有些人一旦错过，在后续的时间里，只能马不停蹄地继续错过。

来到梅舟家附近，当她远远看见梅舟扶着怀孕中的妻子散步时，便停下了走近他的脚步，她看到他们满脸的笑容。

"那就到照片中的那些地方走走吧。"她在心里告诉自己。

于是，她在奥克兰的街头不停地驻足，不断地回忆，希望能在开始自己的新生活以前，再看一看她曾错过的风景。

她抬头仰望着湛蓝的天空，听着一阵欢声笑语从身边经过，更觉内心悲凉。这个对她来说陌生的城市，却是她曾经的恋人早已熟悉的地方。

四处游走，心里却反复想着这样的问题：

最终没有在一起的人，到底是因为什么呢？是距离太远，还是对你的爱太浅？

曾经，我们的心紧紧连在一起；如今，我们离得这么近，却那么远。这就是我们的距离，残酷得近乎冰冷。

她还是忍不住约见了梅舟，似乎总要了结一些什么。

于是，在来到新西兰的第三天，他们在一间普通的餐馆，相对而坐。

"梅舟，我看到了你发给我的那些邮件。"她低着头，不敢看他的脸，双手紧紧地握住一杯滚烫的白开水。

"我已经做父亲了。"几秒钟的静默之后，梅舟淡淡地说。

那是很短的寂静，海伦却觉得极为漫长，空气如同死寂了一般。

玻璃杯里的水冒着热气，水温隔着杯子传到她的手心，再由手心传到心头。

此时，一种悲凉和卑微冲撞着她的心扉。渐渐地，她的心里又生出对自己的嫌弃。

"还真是，时间过得真快，你成熟了许多……"海伦轻咬着嘴唇，目光扫过梅舟胸前的领带。她发现他穿着一件灰色的衬衫，领带是黑色的。

她也曾为他买过同样的衣服，但不是同一件，她认得出。

希望重新拥有的，已永远得不到；不愿意失去的，却早已不见了踪影。

原来，最深的遗憾，不是没有爱。而是曾经的深爱，在错误中消逝；是曾经深爱着的人，在不经意间走远。

面对面坐着，她在心里无数次呼唤着他的名字，而他只是客气而绅士地与她聊着。

他终于问起了她离婚的原因，她只笑说："不提也罢。"

"一切都会好起来的，你要保重。"他安慰她，言语中再无过去的亲昵。

对于海伦来说，宽心的话语，就像一支笑着流泪时所唱的歌曲，纵使关心是出于真心，也终究改变不了曲终人散的结局。

其实，海伦并不知道自己的婚姻走向毁灭的真正原因。

因为戴维从来没告诉过她，他之所以变得不负责任，甚至去报复她，是因为无法忍受在他们结婚的三年里，海伦无数次在睡梦之中，一遍一遍喊着一个名字："梅舟，梅舟……"

或许正如哲人所说，呼唤者和被呼唤者，总是极少能够互相应答。

我们常以为，是距离让爱情消失了踪迹，却不曾意识到，那个人或许早已铭刻在心上。

从此岸到彼岸，隔着遥远的路程，或许有些人需要用尽一生，不倦跋涉。

愿你被爱温柔以待

我最亲爱的人，愿你在另一个世界，能被爱温柔以待。

我如今懂得的，也希望你能懂。那些伤痛的记忆，本以为都是爱你的证据，却不想竟将你推向比绝望更令人难以承受的深渊。

现在的我，终究要以放下的姿态，换一个轻松明朗的方式，在这个世界，继续爱你。

哲人说，当你长久凝视深渊时，深渊也在凝视你。

世间有无数的悲剧，大都源自内心最深的执念。没有人知道，一个痴字，造就了多少凄美的爱情，又葬送了多少脆弱的灵魂。

直到今天，Queen 仍然不敢轻易想起阿荣，尤其是他微笑时的样子。

因为那会让她觉得十分心疼。

Queen 是一个性情美好的女孩，只是后来，她的美好处处透露着冷清。尽管她为自己取名为 Queen，但用尽了力气，也无法做自己的女王。

阿荣三周年的祭日时，她在黑暗中点燃了蜡烛，轻声说着："阿荣，我前不久听说她又结婚了，你放心吧……"

那一刻，她又禁不住泪如雨下。

如同许多个日子一样，她任由泪水打湿了整个夜晚。

在 Queen 的窗台上，阿荣亲手种植的那盆兰花，在季节的变幻中开了又落。

那乳黄色的花朵，在一处光影中幽幽地开着，似乎在静静述说着一段过往的故事。

大一那年，Queen 第一次遇见阿荣，便被他深深地吸引。那是在一家盆景店里，阿荣要买一盆绿色植物。他不经意间走到了 Queen 的面前，他们的目光共同看向一盆兰花。

某一瞬间，他们彼此心领神会，相视一笑。

"很适合你的，买下吧……"阿荣笑着说。

"谢谢……"Queen 不知道为什么要道谢，她的羞涩之中夹杂着一些可爱。

当然，她的内心却不似表面那般。那一刻，她在他的瞳仁中看到一种与众不同的感觉，仿佛那是带着午后阳光般的温暖与仁慈。

阿荣很爱笑，一笑起来，两个深深的酒窝便现在脸上。

所有人都以为阿荣是一个开朗、快乐的人，Queen 最初也这样以为。但后来她才知道，阿荣一直患有抑郁症，他的笑容背后充满了太多的苦涩与辛酸。

　　在外人面前，他时常像喜剧演员那样，有着讲不完的幽默故事，也总能通过寥寥数语将身边的人逗得忍俊不禁。但一个人时，他又变得严肃而深沉。

　　阿荣在一个单亲家庭中长大，从小便生活在恐惧之中。父亲在他 12 岁时死于矿难，从那时起，母亲的性格渐渐变得喜怒无常。

　　生活的沉重让阿荣学会了隐忍，也学会了默默承受。

　　在他的记忆里，母亲稍有不如意，便会拿他出气。每一次遭受责备，他都站在那里一动不动，任由母亲打骂。

　　他是一个善解人意的人，母亲的艰辛他都看在眼里，并一心想要帮她走出父亲去世的阴影。他知道母亲气消了，便会停下手，然后再为他们的生计奔忙。

　　生命中有许多酸楚，是无法向他人诉说的。压抑的生活与家庭的不幸，如锋利的刻刀一般，在阿荣的心底留下了密布的伤痕，而他却掩饰起内心的孤僻与疼痛。

于是，为了不给别人留下沉重的印象，他选择了用轻松的幽默，来掩饰灵魂中的愁苦；用随时绽开的笑容，来遮蔽精神上的荒凉。

了解了阿荣的一些经历，Queen 对他的感情便多了一重母性的温柔。

阿荣越是表现得风趣，越是让她感到一阵阵揪心的撕扯，那是恋人之间才有的感觉。

那时，他们的大一生活即将结束。当 Queen 对阿荣的爱正如火如荼时，阿荣的心里却悄悄地住进了另一个女人。

Queen 是敏感的，从阿荣的身上嗅到了那个女人的味道，而阿荣也毫不避讳地表示了自己对那个女人的爱慕之情。

为了以朋友的身份接近和了解阿荣，Queen 从不敢将自己的心意表露出来。她像一个最知心的朋友一样，默默地守在阿荣身边，倾听他内心的孤独与痛苦。

他们有时候一起学习，一起说笑，一起去做一些很疯狂的事。但更多的时候，他们只是安静地守在彼此身旁，沉默地想着各自的心事：

"总有一天，我会感动她。"阿荣在心里想。

"总有一天，我会感动他。" Queen 在心里想。

Queen 默默地为阿荣做了很多事，想尽办法让他开心，希望他能发自内心地快乐起来。

阿荣的脸上依旧挂着温暖的酒窝，他的微笑也一如既往地让 Queen 感到沉醉。可是，Queen 骗不了自己，她分明从阿荣的眼神中，看到了那个女人的身影。

一想到这些，Queen 就会感到莫名的失落，可是她不敢向阿荣表露心迹，压抑在心底的所有情绪，就像无处流落的眼泪，只能在日记本上一滴一滴无声地倾坠。

或许，这世上最大的冒险，莫过于爱上一个人；而这世上更大的冒险，莫过于爱上一个不可能爱你的人。

对那个女人的爱恋，使阿荣的内心渐渐变得坚韧了一些。只是她的一个微笑，便让他的夜晚换了颜色，换了场景。他开始体会到担当与责任，对于一个男人的重要性。

虽然 Queen 的心里五味杂陈，但表面上还是满心欢喜地为阿荣出谋划策。

在准备礼物的时候，阿荣的眼神中总是闪烁着炽烈的热忱，发自肺腑的笑容，使他的酒窝里也荡漾着幸福的柔波。

那一刻，Queen 绝望地发现，在追求真爱的竞技中，她败给了那个毫不知情的女人。

她知道阿荣最终会表露出自己的真心，哪怕对面是一堵密不透风的墙。

没过多久，阿荣果然鼓足勇气，向女人表达了爱意，但他遭到的却是冰冷的拒绝。

那天，阿荣痛苦地走出了女人的家门，他感到心灰意冷，无地自容。旁人眼中乐观、坚强的阿荣，在那一瞬间似乎被悄然击碎，散落满地的悲伤。

尽管内心深藏着的爱，使阿荣融化了许多苦难凝成的坚硬，也使他开始热爱阳光灿烂的日子，希望以洒脱的姿态和明媚的微笑，来面对自己的人生。

然而，真实的他像一只晶莹剔透的高脚杯，倾尽所有去拥抱世界，结果却因为自身的脆弱而摔得遍体鳞伤。

在接下来的日子里，阿荣的痛苦，变成了 Queen 的噩梦。

她本是一个天性活泼的女孩，却在对阿荣的感情中层层妥协，步步迁就。因为痴情，她接受了阿荣的脆弱；因为心疼，她包容了阿荣的沉沦。

在这段前路迷茫的苦恋中，她扮演了一个女孩所不应承担的角色，静静地陪在他的身边，宁愿委屈自己，也不愿让他再次受到打击。

大学毕业后，他们同在那座城市找到了工作。只是阿荣并不知道，自己眼中的巧合，却是 Queen 的刻意。

工作中的 Queen，比上学时更加勤奋努力。她一直期待着有一天，阿荣会忘掉那个女人，转身看到她的用心和努力。

而此时的阿荣，却仍旧在爱情的绝望中苦苦挣扎，不能自拔。

或许，初恋总是如此，那么真，又那么伤。甚至让人在垂暮之年，也依然记得：那个年少时的我，曾无怨无悔地爱过。

阿荣在一家报社做实习记者，报社的对面便是中年女人居住的小区。

阿荣每天都会在报社工作到很晚，他常常将目光伸向窗外，眺望楼下如流的尾灯和迷人的霓虹。他渴望在川流不息的人群中，看到她的背影。

假如生命的时钟从那一刻停滞不前，阿荣的人生也许会有完全不同的结局。

然而，命运的钟摆却不容更改，在无数个看似偶然的人生片段中，早已勾勒出一幅通向彼岸的画面。

一年之后，Queen 的坚持与等待，让她如愿以偿地得到了阿荣。

在那个寒风刺骨的情人节，当阿荣的心意再次被拒绝后，却收到了 Queen 的深情表白。

Queen 向阿荣诉说了自己隐藏了几年的感情，动情之处，她竟禁不住泪流满面。她送给阿荣的情人节礼物，便是她珍藏了多年的日记本。

翻看着 Queen 的日记，阿荣也感动得泪流满面。厚厚的一本日记，每一页上都密密麻麻地写满了一个女孩的挚爱与思念。

尽管 Queen 知道，感动并不等于爱情，但她还是执拗地相信，阿荣一定会爱上自己。

感动过后，阿荣的心情却久久不能平复。他还是无法说服自己爱上用情至深的 Queen，可是他又无力拒绝 Queen 的请求。

阿荣的心早已被爱的绝望折磨得千疮百孔，他又怎么忍心让一颗深爱自己的心去承受同样的悲伤呢？

就这样，带着最深的爱与痛，他们伸开了双臂，将彼此的生活融合在一起，摁在同一个器皿里。

或许，当一个人真正懂得爱时，才能放下苛责，收获真爱。

遗憾的是，虽然他们迈出了艰难的第一步，却没有足够的内心力量，使他们走到下一站的幸福。

Queen 原本觉得，只要能守在阿荣的身边就很满足，但她慢慢地发现，自己根本无法忍受阿荣的心里还想着另一个人。

　　只是当时的他们不会明白，爱不是一粒会发芽的种子，无法被培育出来。

　　即便他们很快同居，像所有的恋人那样相处着，做着恋人们都会做的事。但他们的关系中，始终让彼此觉得缺少一些东西，并开始不可避免地为一些小事争吵。

　　被一颗心拒之门外的滋味，使 Queen 备受煎熬。而将一颗心拒之门外的无奈，同样使阿荣痛不欲生。无论他如何努力，也无法让自己发自内心地爱上 Queen。

　　一厢情愿的苦恼，只有身在其中的人才能切身体会。阿荣虽然每天都陪在 Queen 的身边，但 Queen 始终感受不到丝毫的爱意。每当 Queen 像个孩子一样在阿荣面前撒娇的时候，阿荣都会报以敷衍的微笑。

Queen 的要求并不高，她只是希望两个人能像普通人一样轻松愉快地生活，哪怕日子过得清贫一些也无妨。然而，在 Queen 的面前，阿荣总是一副心不在焉的样子，他那死寂般的沉默，常常使 Queen 压抑得无法呼吸。

一天夜里，因为一些微不足道的争执，阿荣再次沉默不语。气愤之下，Queen 流着泪水夺门而出。

Queen 渴望从阿荣的眼神里看到紧张与在乎，她幻想着阿荣会立即追赶上来，将她紧紧地拥入怀里，然而直到天亮，阿荣的身影也没有出现。

那一晚，阿荣身心俱疲地在窗前站了许久，Queen 的任性使他脆弱的灵魂不堪重负。那时，他在痛苦中消沉了意志，却不知对 Queen 来说，那一夜是怎样的一场噩梦。

Queen 穿着一件单薄的睡衣，瑟瑟发抖地行走在城市的边缘。

昏黄的街灯下，不时走过几个深夜归宿的路人。他们向 Queen 投来的异样目光，使她觉得自己就像一个无家可归的游魂。

"如果我死在他的面前，他也会无动于衷吗？不，一定不会的……" Queen 不断用苍白的假设来安慰自己。她甚至有些后悔，觉得自己不该用这种愚蠢的方式，来消磨阿荣的耐心。

其实，如同身体需要食物一样，人的心灵也需要爱的滋养。

对于一个人的成长而言，许多过往的创伤都悄悄地潜伏在人的内心深处。经年累月之后，就会转变为心灵上的顽疾，只要往深处去探究，便会发现，这些都是爱的缺乏造成的。

他们都拥有一颗缺少爱，而渴望被爱的心灵。

最终，Queen 又一次妥协，她带着卑微的心，回到了阿荣的身旁。她要的只是一颗爱她的心，可是阿荣的心偏偏给了别人。

如果说爱也有错的话，他们犯的是同样的错误。

世界上自以为是的爱总不过如此。你以为这样做是因为爱他，而他却不这样认为。

阿荣无数次想要结束这样的生活，但每一次，Queen 都会以自虐的方式使他做出妥协。

他的心中，对 Queen 充满了歉疚，有时，甚至带着一点悲悯与同情。后来，阿荣感觉到自己越来越累，他经常失眠，并开始用酒精来麻痹自己。

他觉得自己仿佛一只被囚禁的候鸟，她越是在乎，越是想占有他，反而越使他想要逃离。

在一个寻常的傍晚，阿荣的酒醒了。他看着大大的落地窗外灰蒙蒙的天空，突然又感觉到心里空落落的。许多年了，心头的抑郁始终驱赶不走，他累了。

"天很快就会亮起来吧。是的，会亮起来的。"这是阿荣写在纸上的最后一句话。

他不会知道，他的纵身一跃，解脱了自己，却将沉重的肉身，重重地砸在了 Queen 的心上。

阿荣离开整整三年，Queen 也在自责中度过了黑暗而漫长的三年。

她一直不明白的是，为什么自己那么爱他，最后却换来让人如此悲伤的结局？

经过反复思量和寻求，Queen 不得不承认，过去对爱的幻想和偏执，终究只是自己心中一个美好却容易破碎的梦。

说到底，爱情最勉强不得。

人们总是带着美好的期待，渴望拥有想要的爱情，可爱情绝不像养一株花，种一盆草那么简单。因为种植是一种期待，培育也是一种期待，而带着期待去培育爱，本身便是一种异想天开的冒险。

其实，爱一直都存在，无须被种植和培育，只要放下那个自私的小我，就能够感受到它如同空气一般的存在。

阿荣来不及思考的，只能留给 Queen 来替他思考。他的坠落，一度将 Queen 带到崩溃的边缘。

然而，爱使人坠落，也使人升腾。

疼痛了三年，Queen 的灵魂终于获得了觉醒。

爱是一种自然的满溢。当爱流动时，无须选择什么，只
需要顺其自然，在这股力量的带领下，逐渐走向那最终的，神
圣高贵的慈悲。

生命的本质就是爱，而爱的尽头是慈悲。只有心灵是敞
开的，是无拘束的，一个人才能好好生活，好好爱。

经历了深重的悲伤和思念之后，Queen 终于懂得了如何
爱一个人。

她已经明白，当时的自己只需给出心中的爱，只需
带着慈悲之心，让两颗敏感和正在受苦的心灵，得到
一些温暖而又可贵的慰藉。

令人难过的是，当一切都豁然开朗时，最
爱的那个人，却再也回不来。

或许有一天，Queen 可以在她的日记
本里写下这样的话：

我最亲爱的人，愿你在另一个世
界，能被爱温柔以待。

我如今懂得的，也希望你
能懂。那些伤痛的记忆，本

以为都是爱你的证据，却不想竟将你推向比绝望更令人难以承受的深渊。

现在的我，终究要以放下的姿态，换一个轻松明朗的方式，在这个世界，继续爱你。

IV

你的现世安稳，我的岁月静好

我把想念写进日记，你却看不见；
我把爱情唱成歌谣，你却听不见。
那些往事再想一次，心就软一次；
那些情话再说一遍，心就疼一遍
最初约爱，已将我们内心的眼睛打开，
柔软或者疼痛的，都早已悄悄生下根。
当思念发出光芒，我的世界便不再幽暗，
你的笑容很浅，却如此美丽，如此温暖。

每个痛过的伤口，都会开出花来

这里是我的天堂，我的圣域，我梦中的故乡，我能感觉到前所未有的平静和安宁。

我相信，每一个痛过的伤口，最终都会开出一朵花来，希望我能是你心中最美的那一朵。

一期一会，此生别过。

这个世界上，人们常以为不可能的事情，总是在轮番上演。

难以想象的疼痛，也总是猝不及防地降临，行进于每一颗纯粹的心灵之中。

盛夏的夜晚，一场暴雨持续了许久。

雷电发出的断裂声，仿佛试图摧毁整座城市，连同它的过去和未来。

知晓了埋藏多年的秘密，林枫的心头是难以名状的压抑和刺痛。长久的静默之后，他突然呼喊着冲进雨幕，凄厉的声音很快便淹没在雷雨之中。

昏黄的路灯下，雨水沿着蜿蜒的街道，早已汇成了河流，肆意流淌。林枫走在雨夜中，狂暴的闪电一次次划破夜空，似乎就打在他的头顶。

但他听不见任何声音，泪水刚流出来就被雨水冲刷掉。

或许，曾经爱得有多深，心里的伤就会有多重，有多剧烈。纵使疼痛难忍，那些令人尴尬的事实，终究都只能面对。

不知过了多久，暴雨终于平息。失魂落魄的林枫，拖着沉重的步子，来到了周边十字街的一条老胡同里。

老胡同的尽头，有一家开了十多年的小酒吧，那是他和沈樱常去的地方。

这间酒吧古朴而洁净，里面摆放的均是木质桌椅，看上去如同它的主人一样不修边幅，也给人一种沉淀了岁月沧桑的厚重感。

酒吧的老板姓肖，人们都喊他"老肖"。林枫是他的常客，也是他的老友。

那天晚上，酒吧里只有老肖一人，他关闭了墙上的音响，听着窗外的雨声，静静地抽着烟。昏黄的光线中，他一脸沉思的模样，仿佛沉浸于绵延的过往之中。

此时，林枫跌跌撞撞地走进来，打破了酒吧的寂静。

他浑身湿透，沉重地坐到老肖对面，沙哑着声音说："老肖，给我一杯酒，老样子！"

十年来，林枫常带着沈樱来这里坐上片刻，或者喝些酒。沈樱喜欢这间小酒吧的气氛和风格，这里能让她的内心感受到些许安宁。

而林枫和老肖之间，因为时常照面的缘故，也有了一种常人难以理解的默契。

"今天一个人来？"老肖向门外看了一眼，便起身去拿酒。

林枫低沉地应了一声。之后，他接过老肖手中的酒杯，将杯中的酒一饮而尽。顿时，他的喉咙里生出一阵热辣的感觉，如同燃起了一团火焰。

十年间，这样的场景，老肖还从未见过。他的眼中闪过一丝诧异，便又去拿了一瓶自己收藏多年的好酒，重新坐在了林枫的对面。

"老肖，想和你聊一聊……"林枫喝了一口酒说。

尽管多年来，老肖在酒吧里听到过很多故事，但林枫的经历，还是让他一阵唏嘘。

林枫一直生活在南方，从出生到读大学，他的足迹从未踏出过长江以南。大学毕业后，他如愿考上了家乡小城的公务员，拥有了众人羡慕的安稳工作。

但这一切都只是表面上的光鲜亮丽，林枫的生活过得并不舒展。从十几岁开始，他的心里就藏着一个不为人知的秘密。

十年前的七月，轰鸣的火车一路向北，从一个南方的小城，驶向林枫从未抵达过的北方城市。林枫从未想过，第一次去北京，竟是以这样一种出逃的方式，更准确地说是私奔。

刚上火车时，沈樱问他："就算被全世界唾弃，你也会依然爱我吗？"

他坚定地将她拥入怀中，吻着她的额头说："小樱，我爱你，与世界无关。"

那个夜晚，林枫听着火车撞击轨道的声音，始终毫无睡意。

当沈樱靠在他的肩膀上熟睡，轻微的呼吸声就在他的耳边时，他的心头掠过一丝幸福，也有些许决绝之后的惶恐。

他不知道自己的做法是否正确，但他没有办法。

沈樱是他的表妹，他姑姑家的女儿。

他时常不愿想这些，只知道那是他深爱的人。

整个晚上，他握着沈樱的手，看着车窗外黑沉沉的夜色，听了一夜火车撞击轨道的声音。

爱情其实早已于内心悄然生长，无力抵抗的人，只能任由命运激荡。

在林枫少年时的回忆中，风里似乎都充满了阳光的味道。

小时候，他的家和姑姑家仅隔一条马路，他和沈樱算是青梅竹马。许多个春暖花开的日子，他都会骑着单车，载着沈樱到处疯玩。

他们在田野间追逐打闹，玩累了就躺在草地上休息。

"哥，等我长大了，你娶我好吗？我想永远和你在一起。"沈樱问身旁的林枫。

"小樱，我就是要娶你的，等我们长大了，我还要带你坐火车，到很远的地方去……"林枫突然从草地上站起来，笃定地说。

他响亮的话语声，惊起了草丛里的一群麻雀。接着，草丛中传出两个孩子天真的笑声。

如今想起来，那个春日的暖，依然留在林枫的心里，从未消散。

两小无猜的年纪，天真无邪的约定，尽管充满了纯粹与美好，却也难以逃脱命运的变数。

后来，由于林枫去外地读书的缘故，他们分别了许多年，仅有寒暑假才能见面。然而，不论身在何方，他们都心照不宣地守护着年少时的约定。

林枫大二那年，他们瞒着家人，开始了真正的恋爱。这段秘密的恋情，一直延续到林枫毕业，也无人识破。

但随着年龄的增长，他们也很清楚，这并不是长久之计。总有一天，他们将不得不面对许多人的议论和嘲讽。

林枫很有从政头脑，公务员的工作令他如鱼得水。他每天早出晚归，勤勤恳恳，一切都是为了多存一些积蓄，为他们的未来早做打算。

林枫的预感是对的。在他工作的第二年，姑姑便给沈樱定好了婚事，还自作主张地安排了订婚。尽管沈樱坚决地推掉了婚约，但林枫已经意识到了危机。

没过多久，林枫便以北上闯荡为由辞去了工作，带着沈樱坐上了北上的火车。

那时，家中还没有人知道，他们是为了爱情私奔。于是，从前不敢奢望的愿望，成为令他们欣喜的事实。

北京对他们来说，是一个遥远而陌生的城市。那里住着几千万人口，冬天会飘鹅毛一样的大雪，夜晚的灯火比天上的星星还多。

但一切并不是想象中那般美好。为了省下钱做生意，他们只能租住在阴暗潮湿的地下室。那里没有窗户，见不到阳光，空气里也永远弥漫着一股腐败、霉变的气息。

为了让沈樱过得更好一些，林枫的潜力发挥到极致。他靠自己的聪颖和努力，从向路人兜售围巾、袜子等廉价的小商品

开始，慢慢地拥有了自己的公司。

长达十年的时间，他们无数次搬家。后来，居住条件越来越好，并最终拥有自己的家。

与此同时，他们的年龄也越来越大。于是，他们还要应付父母的一再逼婚。好在家人不在身边，尽管催促，也无济于事。

终于有一天，他们的秘密还是被拆穿了。

林枫的父亲患了晚期肝癌，癌细胞已经扩散至全身，最多只有半年的光景。于是，林枫将父亲接到北京看病。

为了消除两位老人的疑虑，不让他们再增添烦恼，沈樱在附近的小区又租了房屋居住。她特意请了长假，白天帮助林枫照顾父亲，晚上再到自己租住的地方休息。

经过几个月的朝夕相处，林枫的母亲还是觉察出了兄妹两人的异样。以前，她从未怀疑过他们的关系，以为只是感情好，难免走得近。

但这一次，她已经看得很明白，他们的感情不是一般的兄妹之情。这让她的心头不由得一紧，原来有些事终究是无法隐藏的。

父亲去世后，林枫希望能向母亲坦白和表妹的感情。但是，他并不知道，更大的打击在等着他。

在一个雷雨之夜，母亲终于向他们道出了实情，那个已隐瞒了三十多年的秘密。

"枫啊，你和小樱不能在一起，如果只是表兄妹，你们宁愿不要孩子也要在一起，我也不管了。但你们两个都是我亲生的孩子，是我年轻时犯下了错，是我糊涂……"母亲说着，眼中流出浑浊的泪水。

林枫这才知道，原来年轻的母亲曾与姑父有一段隐秘的感情，因为一时的迷恋和糊涂，母亲怀上了姑父的孩子。后来，孩子被送到不能生育的姑姑家养育。

这个孩子就是沈樱。但为了忘却自己曾犯下的错误，林枫的母亲从不愿提及这件事。

解开一个秘密的钥匙，竟是另一个更大的秘密。那一刻，林枫觉得自己仿佛是被愚弄的玩偶。他像发疯一样，冲向外面的闪电与雷鸣……

暴风雨之后的夜显得格外宁静。

当林枫说完心中疼痛的故事，老肖也禁不住流下眼泪。

他已经 40 多岁，太久没有哭过。林枫恍惚记得，老肖告诉他，20 多岁时，也曾和一个女孩私奔到北京，他们一起开了这家酒吧。

后来，女孩的父母找到北京，把她带回了家。

他们分开的那晚，也下了一场很大的雨。老肖站在十字街上，听着女孩的哭声越来越远。

那之后，老肖再也没见过女孩，听说她和一个男人结了婚。

许多年过去了，老肖却一直放不下，总觉得如果她过得不好，或者还念及他们的过往，会再来酒吧找他，但女孩一直没有回来过……

那天夜里，林枫和老肖在酒吧里喝了整夜的酒。

那时林枫还不知道，他的命运，竟然与老肖有些相似。知道了真相后的沈樱，带着不多的行李出走，长达三年的时间没有任何消息。

天快亮的时候，林枫走了。之后很久，他都没再去老肖的酒吧。

在表面的风平浪静中，似乎所有的一切，都要被时间的红尘裹挟而去，让人来不及回望，只徒留叹息。

然而，深深地爱过，如何才能轻轻地放下？

大概一年后，林枫再次来到老肖的酒吧。那天客人很多，林枫坐下来，老肖依照老样子，给了他一杯酒，几乎没有交谈，便去忙碌了。

没过多久，当老肖再回头看林枫时，只看到了一个空空的座位。

红尘中念念不忘的人，总是连背影都无法留下。老肖并不知道，林枫看着他微驼而落寞的背影时，又禁不住泪流满面。

原来，那些带着往
事行路的人，都早已悄悄
地活成了躯壳，内心的空旷如同无边
的原野。不到触景生情，他们不会轻易
直视内心的那一片深渊。

又过了一年，老肖的酒吧关闭了。

他曾与林枫道别，说是不想再等
谁，直接过去看看，如果很好，就放下心来。
临走时，他狠狠地拥抱了林枫一下，又狠狠地
拍了拍他的肩膀。

老肖离开后，又一年不知不觉便过去了，林枫终于有了
沈樱的消息。

原来，在整整三年中，沈樱的足迹踏遍了整个中国，也
行走了这个世界上的很多地方。

她花光了十年中存下的所有积蓄，只是为寻找释然的感
觉和内心的安宁。尽管到了第三年，她已筋疲力尽，也厌倦了
漂泊，但仍然无法说服自己，停下追寻的脚步。

或许生命都是如此，心若没有栖息的地方，到哪里都是
在流浪。

后来，沈樱到了印度的瑞诗凯诗去做灵修。一路上很坎坷，

但她在最后的旅途中，祛除了心中长久的疼痛。

于是，三年之后，林枫接到了沈樱的电话。

那是一个让林枫从混沌中清醒的电话，也是一个漫长的通话。

沈樱向林枫详细诉说了她在印度的经历。

大概是一年前，当飞机降落在新德里机场时，沈樱才知道，当地的铁路还没有修到瑞诗凯诗，只能先乘火车到哈德瓦，然后再坐汽车，到达二百多公里之外的灵修圣地。

当她下了汽车时，天色已经很晚，而近在眼前的瑞诗凯诗小镇，也不似它的名字那般令人振奋。四周漆黑一片，仅有的几盏路灯也昏黄不明。

她只能去恒河对岸的旅馆休息，其间要经过一座不能行车的铁索桥。那里三面环山，一面是喜马拉雅山脉的入口，雪水汇成的河流从桥下蜿蜒而过。

那一晚，旅途的劳顿让她睡意昏沉，分开之后，她第一次梦到了与林枫在一起的小时候。

第二天清晨，寺庙的钟声和神秘的颂歌，将她从梦中唤醒。一种肃穆而宁静的虔诚，让她忽然泪流满面。

那一刻，她的内心在微微地颤抖，觉得自己似乎找到了苦苦追寻的东西。

之后，她开始跟着一位名叫曼达拉的禅师学习修行。她要学习的第一课便是冥想，但这个看似简单的技能，对她来说极为困难。

每当她席地而坐，注意力始终无法集中。一闭上眼睛，脑海中便会浮现出过去的点点滴滴。她想放下，却欲罢不能。

在禅师的开导下，她用了很长时间，最终平静了下来。

于是，许多个傍晚，她坐在清澈的恒河河畔，双脚浸在冰凉的河水里，渐渐地感觉到过去的那些纠结和疼痛，似乎都在深沉的冥想中，如云烟般消散。

听着沈樱的诉说，林枫无声地流着眼泪，他的内心突然感觉到从未有过的轻松。

挂掉电话后，大约过了几分钟，他又收到一条短信：

"林枫，我决定留下来，这里是我的天堂，我的圣域，我梦中的故乡，我能感觉到前所未有的平静和安宁。希望你也能放下那些过往，不必再挂怀和悲伤。我相信，每一个痛过的伤口，最终都会绽放出一朵花来，希望我能是你心中最美的那一朵。一期一会，此生别过。"

林枫盯着手机屏幕看了许久。那字里行间似乎生出了一条道路，向远方缓缓延伸。

或许，于内心真实生长并繁盛的爱情，早已不必再问缘由，也不必非得寻觅一个结果。

那一刻，林枫仿佛看到了沈樱含笑的眼睛。

在夜空的深处，她的笑温暖而迷人，如同闪闪的星光，闪耀在他的心幕上。

再漫长的告别，也要说再见

爱情，大概不外乎如此。只是还有一些另外的感情，将他们牵引在一起。

这是一种与爱情无关的感情，它永远不会因故事的开始和结束而荒废。

所有深爱过的人，都会内化成一个永久的记忆，成为一个人生命的一部分。

方凌霄从来不曾想过，有一天她会一个人，再次骑行滇藏线。

在群山错落之中，车子下坡的速度很快，风在她的耳边"呼——呼——"地吹过。那是很长的一个下坡，她享受着那种贴着风，飞过云和天的感觉。

没有人知道，她的心里正有着一团疑云和一片疼痛。

她不停地想着一句话，或许时间可以培养惺惺相惜，却无法点燃如宿命般燃烧的爱情。

比如，于小满和她；再比如，她和杨水远。

黄昏时分，天边是一片壮丽的血红。思绪飘荡的方凌霄不可避免地摔了车。那一瞬间，她的脑海中闪过杨水远的身影。

从地上爬起来后，她没有查看腿上的伤，推着车子往最近的可以搭帐篷的地方走去。车子的刹车被摔得不太灵敏，她需要找人帮忙把车子修好。

方凌霄开始一瘸一拐地撑帐篷，隔壁已经支好帐篷的中年男人过来帮忙。

"一个人来的？真不简单……"中年男人说着话，似乎在自问自答。他看上去很温和，头发花白。

方凌霄边忙边回应着他的话。她当时还不知道，这个有故事的中年男人，不仅一路上帮助她，他们后来还成为难得的忘年之交。

收拾好一切后，方凌霄躲进帐篷，戴上耳机听着《乌兰巴托的夜》这首歌，难以抑制的情绪，竟使她在不知不觉中已满脸泪水。

命运在和她开玩笑，她要如何来抵挡？

第二天照常赶路。方凌霄知道中年男人也姓方，他们一路同行，方凌霄喊他"方叔"。

从丽江出发之后，他们要经过虎跳峡，到达香格里拉。对方凌霄来说，这是两天的行程。

方叔幽默风趣，他开着玩笑问起方凌霄昨晚为什么哭了。

方凌霄从来不轻易向别人透露心迹，于是便笑一下，掩饰了过去。方叔自然是看在眼里的，他也笑了笑，没说什么。两天的时间，他们都说着无关紧要的话。

香格里拉海拔是 3350 米，抵达前要经过一段上坡路。

方凌霄骑得很艰难。她想起第一次跟着学校的社团骑行滇藏线时，就是在这段上坡路，她第一次与杨水远目光相撞，从此这个人便深深刻在她的心里。

路途中，方凌霄又看到了哈巴雪山，雪白色的山顶，灰黑色的山腰，挡在雪山前面的是一片碧绿的群山。这些景色似乎和记忆中一样，又似乎不一样。

两天后的傍晚时分，他们到达了香格里拉县城。县城很小，一共只有四五条街。建筑颇有特色，淡青色的墙壁看上去很柔软。

晚上，他们住进了一家"藏民居客栈"，客房是别具特色的小木屋。

藏民老板告诉他们，三十年前，香格里拉还是一小片村庄，去邻村需要骑马。以前主要是放牧，其次是种青稞。

方叔与藏民老板交谈着，方凌霄一直默默地听着。

晚餐有青稞酒。金黄色的酒水，如同一碗夕阳荡着波纹。一碗酒之后，方凌霄感觉到脸颊和心里都有些灼热。她的话便多起来，询问了很多关于酿青稞酒的事。

晚饭吃到一半，她终于向方叔说起自己的心事。

大学二年级时，在市里几所高校联合举办的摄影展上，方凌霄以校报记者的身份，采访了作为展览策划人的杨水远。

那是他们第二次见面，第一次交谈。

在采访中，杨水远谈到了在向导和队友的鼓励下，他登顶乞力马扎罗山时的心情。他富有磁性的声音，让已被深深吸引的方凌霄猝不及防。

那次短暂的采访，促成了方凌霄和杨水远的恋爱。

他们的恋爱诗意而浪漫。安静时，他们能在自习室待上一天；闹腾起来，也能循着地图，在市区人声嘈杂的大街小巷走走停停。

方凌霄迷恋于那些趣味相投、心意相通的岁月。她沉醉其中，甚至总会想起电影《怦然心动》里的一句台词："有些人沦为平庸浅薄，金玉其外，而败絮其中，可不经意间，有一天，你会遇到一个彩虹般绚烂的人，从此以后，其他的人不过就是匆匆过客。"

她几乎相信，杨水远就是那个如彩虹般绚烂的人。

说到这里，方凌霄便不愿再说话。她那天不想提到于小满，像是故意逃避这个名字。

于小满是她的小学兼高中同学，大学又考到同一所学校。不到 20 岁的年纪，她们有长达十二年的友谊。

于小满的成绩一直很好，一不小心便能把全年级的男生远远甩在后面，也能不留余地拒绝所有男生的表白。

在方凌霄的眼中，于小满的世界纯粹得似乎只有地图上的山水，连同那潇洒坚决的气质，她如同闪耀的光芒般引人入胜。

方凌霄喜欢这样的于小满，历经十多年光阴的酿造，她们的感情也如同老酒一般醇香。

采访杨水远的校报出刊后，于小满曾调侃方凌霄："哎呀，你是怎么把采访实录整理得有一股子情书的味道？下次你再见这哥们儿，带我一起呗，我给你参谋参谋。"

方凌霄抢过于小满手中的报纸，也笑着说："我怎么闻到了一股子酸酸的味道？见证这么有意义的时刻，一定要带上你啊！"

如果没有于小满，杨水远或许真的是方凌霄心中，那个如彩虹般绚烂的人。但有了她，方凌霄成了杨水远人生中的匆匆过客。

或许，这世上从不乏趣味相投的人，只是并不是所有的趣味相投，都能变幻出爱意；生活中也不乏彼此喜欢的人，但并不是所有的喜欢，都能成就岁月静好。

从香格里拉出城后，他们一路经过了书松、白马雪山、左贡和然乌。这期间，方凌霄断断续续地向方叔说了很多积压在

心里的事。

方凌霄的 20 岁生日时，男朋友杨水远和最好的朋友于小满，一左一右地坐在她身边。

于小满送了她一顶纯羊毛手工制作的帽子，柔软而温暖；杨水远送她的礼物是一本手工书，里面是他平时出行时自己画的地图。

方凌霄很喜欢杨水远的礼物，她第一次在铅笔和淡蓝色墨水的蜿蜒中充满了向往，并畅想着忽见城池和村落的欣喜。

但在分别时，当方凌霄远远回头，竟发现于小满和杨水远十指相扣。

那一刻，她的心头被重重一击。

但她没有去质问杨水远和于小满，除了接受，她没有别的选择。

有时候选择不拆穿一个人，或许不是不想失去，而是不想面对失去时的茫然失措。

方凌霄知道，有些事情既然发生了，追究原因已无意义。

两个月后，杨水远最终还是提出了分手，淡然而又坚决。

之后，于小满几次找方凌霄，她都躲着不见。

有一个晚上，于小满在她的门外坐了一夜，隔着一道门，方凌霄也坐了一晚。

她很怕听到于小满的解释，宁愿选择不知道真相，也不愿明明白白地失去爱情，也失去友情。

毕业后，方凌霄终是断了与他们有关的一切。

她留在北方，听说他们去了遥远的西南。

偶尔做梦，梦到杨水远来她工作的城市看她，她打开房门，迎他进来，他拥抱她。

这个拥抱，似乎隔了千山万水，也隔了冬去春来。

后来，方凌霄用心把生活过成她设想中的模样：周末参加皮具手工制作的兴趣班，经她手的多是云和花，多是蜿蜒曲折的地图写意；年假用来远行，一个人环游青海湖；在睡不着的深夜，静静地读书写字。

只是，她最爱喝的茶，依旧是和杨水远一起喝过的大红袍。

茶杯里的岁月，是她曾经深爱一个人的时光。

三年后，方凌霄和杨水远在同学的婚礼上重逢。

他们一起回到了校园，路过小花园的长椅，路过一树一树的银杏，路过她生命中最好的年华。

之后，他们的联系多了起来。像是又回到当初恋爱时一般，有一种安心和依赖。

又过了些日子，杨水远来她的城市看望她。

隔着热气腾腾的火锅，方凌霄听他说起了自己曾刻意屏蔽的那一段故事：

"我和于小满在一起没多久，就分开了。毕业时，她告诉我，她爱的人一直是你。她和我在一起，只是不想看着自己深爱的女孩，和别的男生在一起。"杨水远说，"于小满现在定居丹麦，她说那是你们曾经约好要去旅行的地方。"

杨水远的一席话，使方凌霄一时没有反应过来。

她为远行的于小满难过，也为多年来一直爱着杨水远的自己难过。

杨水远继续说："这些年，我没有再遇到心动的人，希望还能来得及和你在一起。"

方凌霄无法接受这样的事实，一切的一切，似乎都是一场玩笑。而闹剧的幕后操纵者，似乎将每一个人都狠狠地惩罚了许多年。

方凌霄没有回答杨水远，疑惑和难过都逼向她，如同一片在心里不断聚积翻滚的乌云。

于是，几天后，方凌霄决定独自骑行滇藏线，她需要想清楚。

临行前，朋友对她说："既然还是爱他，为什么不再试一次呢？不是所有分开的人，都会拥有重逢的契机。"

但方凌霄知道，不仅仅是杨水远，她心里过不去的还有于小满。

最后一座山翻过去，就是拉萨了。一路上，方叔一直是方凌霄忠实的倾听者。

"到了布达拉宫，我也向你说说我的故事吧。"听完方凌霄的倾诉，方叔望着远山轻轻地说，语气里又掩藏着些许沉重。

于是，在暮色沉沉的晚上，他们静静地坐了下来。方叔点燃了一根烟，像是点燃了一颗星星。

之后，方凌霄听到了他低语着说："我和妻子是大学同学，毕业后，我们一起创业，事业有起色的时候，我们决定要个孩子。妻子怀孕的时候很辛苦，所以妻妹就过来照顾她。妻妹和妻子长得很像，比她内向沉稳些。也许就是那种安静的沉稳吸引了我。"

此时，方叔狠狠吸了一口烟，继续说道："后来，一时意

乱情迷，我和妻妹就开始了。女人的直觉，真的挺准，妻子很快便感觉到了。可是，她什么也没说。直到孩子出生，过了满月，妻子坚决地提出离婚。我知道她舍不得孩子，一直不同意。没想到有一天，她会带着孩子离家出走。"

方凌霄回应了一句："如果一个人决心走出你的生活，怎么可能让你找到她？"

"是啊，二十年了，我真的没有找到她们，她一定是太恨我了。我总是想起我们的约定，等事业有了起色，带她去西藏，一直未成行……这么多年，总有些执念，希望还能找回她。"说到这里，方叔流下了眼泪，又急忙擦去。

方凌霄也跟着默默哭泣。之后，隔着沉甸甸的岁月和唏嘘，她听到一个年过半百的男人不无伤感地说："小姑娘，我已经不再年轻了，到了这个岁数，才明白什么叫有心无力。真的希望，她能在一个我不知道的地方，过得很好……"

望着幽远的暮色，方凌霄似乎看到，长夜尽头，一个女人决绝的离开，萧条了一个男人的一生。

第二天，方凌霄在晨光之中，看到了金灿灿的梅里雪山。

她久久伫立，在雪山的辉映下，仰望着如同绸缎一般的天幕。那无尽的高远，仿佛在回应她内心中潜伏许久的疑惑。

那一刻，她忽然体会到，无情流逝的光阴，其实早已将她对杨水远的爱情消耗殆尽。尽管这些年，她活成了杨水远的样子。

爱情，大概不外乎如此。只是还有一些另外的感情，将他们牵引在一起。

这是一种与爱情无关的感情，它永远不会因故事的开始和结束而荒废。

她终于明白，所有深爱过的人，都会内化成一个永久的记忆，成为一个人生命的一部分。

分开六年，方凌霄想不出，还要和杨水远在一起的理由；她也想不出，再逃避于小满的理由。于是，她告诉方叔，下一个计划是去丹麦，看望一个多年不见的老朋友。

坐火车离开西藏时，方凌霄听的歌还是那首《乌兰巴托的夜》，只是她没有再流下眼泪。她跟着旋律，在心里默默唱着：

穿越旷野的风啊，你慢些走，

我用沉默告诉你，我醉了酒；

漂向远方的云啊，不要走，

我用奔跑告诉你，我不回头……

爱情从来，别无选择

在遥远如梦的加勒比海畔，蜿蜒的安第斯山脉与金色的沙滩连成一片——"这些地方走在众人之前，它们已经有了自己的花冠女神。"

几年前的一个冬天，我意外地收到一个从国外寄来的包裹，邮戳上印的是我并不熟悉的一种文字。

我好奇地撕开牛皮纸包裹的木盒，映入眼帘的是一本厚厚的烫金装外文书籍。

El Amor en los tiempos del cólera

Editado por Mendoza

Gabriel García Márquez

封面上的文字与我在邮戳上见到的一样，一种似曾相识的感觉扑面而来。

书的扉页上用隽秀的小楷写了这样两句话：

"爱是可以选择的吗？"

"爱别无选择。"

我一眼便认出，这是夏小云的手笔。

再次端详封面上那些陌生的字母时，我才恍然大悟，原来这是一本西班牙文版的《霍乱时期的爱情》。

夏小云是我在一次旅行中结识的朋友。人如其名，就像夏日晴空里的一小朵云，简单、快乐，让人羡慕，也让人心疼。

我们初识的时候，她还是一名西语系的学生。她的外语很好，那时就已经能够轻松地阅读许多艰深的外文原典。

在开往丽江的旅游大巴上，她坐在我的右手边，正看着一本书。

看着书上不懂的文字，我便好奇地问她读的是什么书。她告诉我："是马尔克斯的《霍乱时期的爱情》。"

我心里不由得一惊，因为我也对这本书钟爱已久。

她接着对我说："如果不是因为这本书，我根本不会去学西班牙语。"

"为什么对这本书如此痴迷呢？"我问她。

她的回答令我记忆犹新："它让我明白，坚持比选择困难得多。"

就这样，我们的友谊从对同一本书的喜爱开始了。

那天，我们聊了很多，关于读书，关于爱情，关于生活。她的许多见识，远远超出了她的年龄。这既让我替她感到高兴，又令我有些隐隐的担忧。

后来的事实证明，我的担忧并非多余。

夏小云是个心里藏不住秘密的人，但她只跟能聊得来的人说。于是这些年，我当仁不让地成了她最忠实的倾听者。

毕业后的第二年，夏小云爱上了一个名叫陈冬青的男人。很巧合的是，他们的故事也是从那本《霍乱时期的爱情》开始的。

那是一个冬天的夜晚，窗外大雪纷飞。我在入睡前看了一眼手机，夏小云的头像突然从灰白变成了彩色。她给我发来一段消息："我遇见了一个像阿里萨一样的男人。"

"你是想谈一场'霍乱式的爱情'吗？"我调侃道。

见我还没有睡，夏小云一下子来了精神。她兴奋地对我讲起自己与陈冬青的相遇、相识与相知，只是这样的故事也像所有爱情小说里的桥段一样，毫无新意。

只是当时，少女的矜持使夏小云不肯承认自己爱上了陈冬青。她信誓旦旦地对我说："我只是对他有些好奇罢了。"但她却忽略了，好奇心恰恰是爱情的伪装之一。

在一家名叫 Enamorado 的酒吧里，夏小云遇见了自己梦

中的王子——陈冬青。

他是酒吧里的驻唱，一把琴头褪色的 Martin 吉他被他弹得出神入化。

陈冬青像阿里萨一样敏感、细腻，是那种可以"用大头针在山茶花瓣上雕刻情诗"的男人。他有着模特般的身材，这一点倒与阿里萨的清瘦弱小有所不同。

夏小云说，陈冬青也对《霍乱时期的爱情》这部小说情有独钟。不过，他更钟情的，是像夏小云一样简单、快乐的姑娘。

陈冬青外冷内热，在第一眼见到夏小云的时候，就爱上了她。

为了向她示好，他特意写了一首《献给我的花冠女神》，并为之配上了动人的曲子。

他第一次在台上弹唱这首歌曲的时候，夏小云哭得一塌糊涂，虽然那时的她并没有听出什么弦外之音。

从那以后，夏小云每天都会收到一支白色的玫瑰。

陈冬青对她说："只有白色的玫瑰才能配得上你宝贵的单纯，你的眼睛真的很迷人，没有沾染一丝世俗的纤尘。"

在遇到陈冬青之前，夏小云并不是一个轻易会哭的女孩。她很独立，也很坚韧，每天坚持锻炼，坚持学习。

陈冬青的出现，对她来说完全是一个意外。说实话，在众多追求者中，陈冬青并不是最优秀的，甚至连优秀都谈不上。

可夏小云偏偏被他身上的某种气质所吸引，她自己也说不清那是一种什么样的气质，因为她实际上对他所知甚少。

一段时间之后，夏小云告诉我，她已经离不开陈冬青。她无时无刻不在想他，即使见不到他，也会循着白玫瑰的香味，去寻觅他的气息。

作为一个前辈，我能够理解夏小云的复杂心绪。而作为一个局外人，我又对她当时的心境和处境心知肚明。

对于一个涉世未深的少女来说，朦胧而浓烈的爱情就像一场从天而降的霍乱，让人头晕目眩，神志不清。即便是如夏小云一样聪敏的女孩，也无力抵抗这醉心的诱惑。

初遇陈冬青的夏小云，情不自禁地将太多的幻想倾注在这个令她心动的男人身上。以至于，她越是将他视为完美，就越是加重了我对她的担心。

于是，当夏小云兴致勃勃地向我讲述那些怦然心动的瞬间时，我却给她泼了一瓢冷水："你真的了解他吗？"

夏小云的回答带着一种沉重的宿命感："爱是可以选择的吗？爱别无选择。"

在一场霍乱式的爱情面前，她迫不及待地放下了自己的矜持。

陈冬青对夏小云的热烈追求，让我想起《霍乱时期的爱情》

中，主人公阿里萨与费尔明娜的那段旷世恋情。

那长达半个世纪的等待，令任何世俗的爱情都望尘莫及。男主人公阿里萨爱得热烈而纯粹，他不惜燃尽生命的火焰，来照亮爱人的世界。

然而，这种过于奔放的爱，却让年轻的女主人公费尔明娜心生疑惧。

早熟的理智，使她无法说服自己，去接受一份可能徒有激情，却终会凋零的爱情。

她和夏小云一样，对未知的事物充满了好奇。这种好奇的结果，往往是将爱情变成一种前途未卜的冒险。

显然，激情是这种冒险的最大动力，却不见得是最好的动力。

因为真正的爱情更像一次旷日持久的马拉松，一场持之以恒的接力。那些能够把握节奏的慢跑者，往往比急于冲刺的人走得更远。

阿里萨的激情，曾给久居樊笼的费尔明娜带去了无限的渴望。但当费尔明娜勇敢地摆脱了父亲的束缚后，却在一场命中注定的邂逅中，终结了那份浅尝辄止的爱情。

在此之前，费尔明娜始终沉浸在自己的幻想中：她最可爱的人，亲爱的阿里萨，一个花冠诗人，一个小提琴家，一个魂牵梦绕的情人。

然而，当她在鱼龙混杂的"代笔人门廊"前享受自由带来的喜悦时，阿里萨不合时宜地出现，显然成了一道晴天霹雳。

"这可不是花冠女神该来的地方。"背后响起的那个声音是那么熟悉而又陌生，费尔明娜猛然回头，但四目相视时，却没有久别重逢的激动，而是一种深深的失望，一种令人厌恶的怜悯。

"我的上帝啊！这可怜的人！"她看见了他那冰冷的眼睛，青紫色的面庞和因爱情的恐惧而变得僵硬的双唇。

那一刻，她没有感到爱情的震撼，而是坠入了失望的深渊。在那一瞬间，她才如梦初醒。

一直以来，她对自己撒了一个弥天大谎，她不明白，自己怎么会如此残酷地让那样一个不切实际的幻影，在自己的心间占据了那么长的时间。

原来，压倒爱情的最后一根稻草，往往不是拒绝，而是怜悯。

在一场霍乱式的爱情面前，费尔明娜选择了放弃。她宁愿和乌尔比诺医生一起，度过漫长而无趣的一生。

大概费尔明娜是明白的，她根本不爱道貌岸然的乌尔比诺，却毅然选择了放弃爱情，经营家庭。毕竟，与坚持相比，选择要容易得多。

因为选择需要的仅仅是权衡利弊，而坚持需要的却是一生的勇气。

半年后的一天早晨，太阳刚刚升起，就被东方的乌云裹挟得无影无踪。

夏小云突然打来电话，告诉我她要结婚了。但那个将要与她携手同行、共度余生的男人，却不是陈冬青。

尽管就在几周以前，他们还相约要一起到加勒比的黄金海岸去追寻马尔克斯的足迹。

很快便得知，即将与夏小云步入婚姻殿堂的那个男人，是她的一位大学同学。

其实，这个消息对我来说，并没有太多的意外。

至于与她恋爱了半年的陈冬青，夏小云只轻描淡写地说了一段话："与他在一起的日子，每天都充满激情，可是我不确定这种激情是不是我想要的。有一天，一种索然无味的空虚，突然占据了我的身心。他越是挖空心思来讨好我，我就越是厌恶。"

我没有说话，并不是因为无话可说，而是因为不必说。

生活中总是有很多一瞬间发生的事情，就如同一场霍乱，它来得迅猛，也去得匆匆，尤其是爱情。

夏小云的这个电话，也让我最终放下了对她的担心。她确实有着超出同龄人的成熟，没有让这一场冒险持续得太久。

或许她的选择是最明智的。与其坚持一份看不见未来的理想爱情，倒不如选择一份踏踏实实的世俗爱情。

只是，这份选择的背后，要承受怎样的不舍和疼痛，外人终究是不能体会的。

几年以后，已是两个孩子母亲的夏小云，在朋友的一场婚礼上，再次与陈冬青不期而遇。

这是一次未经设计的重逢。他们都看到了彼此，却又非常默契地将眼光移向别处。

在婚礼的现场，陈冬青又唱起了当年的那首《献给我的花冠女神》。

这一次，夏小云没有哭。她面带微笑，优雅地望着深情演唱的陈冬青。

后来，我曾问过夏小云："假如那天，陈冬青像阿里萨一样再次向你求爱，你会答应吗？"

她笑着说："既然是一场霍乱式的爱情，那么就让它像霍乱一样过去吧。"

我也曾想，阿里萨是幸运的吗？也许吧。毕竟，半个世纪的漫长等待之后，一艘永不靠岸的轮船，帮助他达成了一个永生永世的心愿。

上天没有为夏小云和陈冬青准备这样一艘轮船，却让他们不约而同地踏上了同一片热土。坚持果然比选择要困难得多。

他们原以为，可以绕过时间的封锁，直接获得像阿里萨与费尔明娜一样的传奇爱情。而他们谱写的故事，却像是夏天与冬天的相互追逐，纵是用一生去坚持，也未必会有结果。

正如夏小云所说："爱是可以选择的吗？爱别无选择。"

在收到那个包裹的几天之后，我接到了一个没有来电显示的陌生电话。

"Surprise！"电话那头传来夏小云孩子气十足的声音。

"惊喜没有，惊吓倒是不轻。"我开玩笑说。

"怎么？我送你的礼物不喜欢吗？"夏小云得意地说，"我可是跑遍了整个卡塔赫纳，才找到这个版本的。"

"为什么要送我这个？我又不懂西班牙语。"我不解风情地继续打趣她。

"看不懂没关系，就当是我们伟大友谊的纪念吧。"

我听出夏小云话里有话，于是忙问："什么情况？这是想和我绝交吗？"

她笑了笑说："我和老公决定移民了，去马尔克斯曾经生活过的那片土地。"

我禁不住问："有什么特别的缘由吗？"

夏小云沉默了片刻，回答说："去寻找我心中的阿里萨。"

挂掉电话，我仿佛看到，在遥远如梦的加勒比海边，蜿蜒的安第斯山脉与金色的沙滩连成一片——"这些地方走在众人之前，它们已经有了自己的花冠女神。"

他的故乡，你的异乡

时间是用来流浪的，灵魂是用来歌唱的。

从一座陌生的城市，到另一座陌生的城市，什么都不带来，什么也不带去。

从异乡到异乡的旅程，终于使 Eva 读懂了自己的命运。

"再见了，大野。"

"再见了，爱情。"

秋天，是个适合流浪的季节。同样，也适合告别。

八年以前，Eva 背着一把弗拉门戈吉他，在心里无数次述说着再见，义无反顾地走进朦胧的夜色，消失在一条老街巷的尽头。

很快便来到车站。听着远处传来火车的呼啸声，Eva 神情淡漠地掐灭了烟。

她一向是决绝而勇敢的，习惯于倾听内心深处的声音，并以此行事。尽管舍不得大野，舍不得最初的爱情，但她知道世事难两全，她必须先舍弃一样。

　　直到现在，Eva 仍记得离开时的感受：虽有失落和不舍，但更多的是告别之后的如释重负，以及对一切未知的忐忑和期许。

　　那一年，她 19 岁。

　　Eva 身材高瘦，虽然长相并不漂亮，但性格随和大方，很讨人喜欢。

　　在那个平静得足以淹没掉一切梦想的小城，她觉得自己的生命正在慢慢枯萎。

　　她必须离开，那是一种无法抑制的渴望。

　　Eva 永远记得，14 岁那年，她在一家音像店里第一次见到吉他。那是一把货真价实的全木吉他，它静静地躺在一个摆满磁带的角落里，无人问津。

她好奇地用拇指轻触了一下琴弦，古旧的音孔中顿时传来一声和谐的嗡鸣。

共振掀起的微尘，在午后的阳光里弥散开来。那种月光流泻般的质感，在 Eva 的内心深处播下了一粒音乐的种子。

躺在角落里的木吉他，就像是一位从未谋面的老朋友。从那时起，Eva 便觉得，吉他是一种有生命的乐器，只有自由的灵魂才能真正驾驭。

她希望拥有一把吉他，希望有一天，她的指尖能够流出动听的旋律。

关于大野，许多年后，尽管在 Eva 刻意而为的遗忘中，那些回忆已经支离破碎了，但只要她愿意花时间拼接一下，仍然能组成一幅幅完整的画面。

15 岁生日时，后桌的一名男生悄悄送给 Eva 一份生日礼物。打开包装盒，里面是一把仅有手掌一般大小的袖珍小吉他。

这个男生名叫大野，和 Eva 一样，他也出生在普通的工人家庭。

整个初中三年，他们都是前后桌，他始终坐在她的身后。不知从什么时候起，他渐渐爱上她的背影，爱上那个有着一头柔顺短发的女生。

大野虽然成绩一直不太出色，却很心灵手巧。他跟着父亲学会了做木雕，一朵镂空的花，或者一只小动物，在他的刻刀下都变得栩栩如生。

他知道 Eva 希望拥有一把属于自己的吉他，可那时的他买不起真正的吉他，只能用父亲的锉刀，一刀一刀地为 Eva 刻出一把无法弹奏的小吉他。

"等以后工作了，我一定给你买一把世界上最好的吉他。"大野严肃地对 Eva 说。

握着手中的木雕小吉他，Eva 狠狠地点了点头。那是一种两小无猜的默契，也是爱情最初生长时的美好。

因此，Eva 永远也忘不了那一瞬间，大野闪烁着光芒的坚毅眼神。

初中毕业后，Eva 以优异的成绩进入了省城的重点高中，而大野却名落孙山，被父母安排进工厂，做了学徒。

分别两地的三年中，Eva 和大野一直以书信的方式保持着联系。

有一次，大野在信中兴奋地告诉 Eva，他在跟工厂文工团的一位师傅学弹吉他，用不了多久，就可以给 Eva 弹吉他听了。并且师傅鼓励大野说，他是弹琴的好苗子，自己的那把老吉他，在他的手里焕发了新的生机。

师傅说得没错。一年以后，大野就把吉他弹得和他一样好了。

大野为 Eva 弹唱的第一首歌曲是《莫斯科郊外的晚上》，当唱到"但愿从今后，你我永不忘"时，Eva 顽皮地绕到大野的背后，给了他一个措手不及的拥抱。

"大野，你教我弹吉他好不好？"Eva 认真地说。

"好啊，以后你常回家，我教你。"大野爽快地答应了。

"应该很难吧？我能学会吗？"Eva 显得有些不太自信。

大野笑了笑说："我记得电台司令乐队有一首歌，叫《Anyone Can Play Guitar》，相信我，只要你渴望，就没有做不成的事情。"

Eva 忽闪着自己的大眼睛，眼神里充满崇拜与期待。

她觉得大野是一个能够散发光芒的人。

文工团有三把吉他，两把民谣吉他，一把古典吉他。虽然有些简陋，但在大野和 Eva 看来，它们就像三双华丽的翅膀。

Eva 小心翼翼地抱起一把民谣吉他，从此开启了她漫长的音乐之旅。

大野提醒 Eva，初学吉他最痛苦的就是前两周时间，琴弦能把每一根手指都磨出水泡来。

Eva 俏皮地一笑，摆出一副胸有成竹的架势。

最初的七天，Eva 的手指肿得就像一根根透明的胡萝卜，但她还是强忍着钻心的疼痛坚持练习，直到手指上磨出了茧子，才感觉不到疼痛。

Eva 是充满悟性的，她很有音乐天分，也很努力。在大野的帮助下，Eva 从简谱学起，一步步地从最初对吉他一无所知，蜕变成一个对吉他、对音乐有独特领悟的人。

大野花了半年多时间才掌握的技巧与指法，Eva 只用了一个暑假便学会了。

开学前，大野到车站去送 Eva，并递给她一把二手吉他。

他深情地望着 Eva 那双亮闪闪的大眼睛，想说些什么，却欲言又止。

那一刻，有一种微妙的感觉，从他的心底慢慢升起。每当他觉得 Eva 越优秀，他的那种感觉便越强烈。

高中毕业那年，仅是几分之差，Eva 没有如愿考上北京的那所艺术学校。

那个暑假，她将自己闷在屋子里，不愿出门，也不知自己该何去何从。无限的失落，似乎击碎了她关于梦想的一切向往。

秋天到来时，大野用自己所有的积蓄，为 Eva 买了一把橘红色的弗拉门戈吉他。它是那家店铺里最精致和昂贵的一把吉他，大野觉得，只有这样的吉他才配得上 Eva。

那天，Eva 来到他们经常坐着聊天的桥边。大野抱着吉

他站在柳树下，已经等了她很久，他要将这个礼物亲手交给Eva。

尽管是秋天了，桥边的柳树仍然一身翠绿。

看到那把漂亮的弗拉门戈吉他，Eva 如获至宝，仿佛每一根琴弦都在拨动着她心中的梦，她突然便恢复了往日活泼开朗的样子。

于是，她熟练地抱起吉他，为大野弹起了一支欢快的吉卜赛舞曲。

大野听得如痴如醉，他对 Eva 的进步感到欣喜，同时又感受到一种距离。

一曲弹毕，Eva 忽然郑重其事地对大野说："我们一起去北京吧。"

大野心头一震，一时不知该说些什么，手里反复摩挲着一片修长的柳树叶。

"你不要有太多的顾虑，我们一起到外面的世界去走一

走，为了梦想，为了我们的未来……"Eva 的脸颊泛起一丝红晕，她有些羞涩。

大野明白 Eva 的心意，可就在那一瞬间，他的心里充满了犹豫。他或许也想和 Eva 一起浪迹天涯，闯荡世界，但他没有足够的勇气去打破现实。

从进入工厂那天开始，大野就不再侈谈音乐梦想。音乐对他来说，只是爱好，而非梦想。很多年后，Eva 才明白，这就是她与大野的最大区别。

而让她最为难过的是，他的眼神是暗淡的，在他的身上，已经看不到曾经闪耀的光芒。

这个曾点燃了她梦想之火的人，竟熄灭了自己心中的火焰。

以梦为马的年纪，踏足一座从未抵达过的城市，需要巨大的勇气。

北上的列车呼啸而去，大野追着火车奔跑了

很远，最后不得不停下来喘息。几分钟后，站台上只留下他落寞的身影。

他还是习惯性地待在她的身后，就像他一直是她的后桌，看到的只是她的背影。

每当工厂的机床轰鸣作响，大野的耳畔却回荡着 Eva 的劝诫："不要浪费了自己的天赋。"可惜的是，他不觉得自己有什么过人之处，只是安于现有的状态，或者痛苦地忍受它。

尽管他爱 Eva，也爱吉他，却宁愿重复过着自己的生活，也不愿挣脱束缚，去追逐一场未知的梦。

Eva 又何尝不在忍受痛苦？

看着他追火车的那一刻，她知道他是爱她的，但也觉得他是懦弱的。

她希望有一天，他不是追着火车奔跑，而是奔跑到她面前。

北京是追逐梦想的天堂，也是毁灭梦想的地狱。

一把吉他走天下，说起来是一件豪情万丈的事，但做起来谈何容易。

孤身一人闯荡北京，对于一个从边陲小城走出来的普通女孩，无疑充满了艰辛与挑战。

会哭的人，不一定流眼泪。到了北京后，不管多苦，Eva 都没有哭过，也从未想过回头。

为了生存下去，她住在最便宜的地下室，一边奔走于各个酒吧去做驻唱养活自己，一边创作自己喜欢的音乐。

　　最初，没有人愿意请像她这样一个长相普通、面容青涩的女孩前去坐镇。

　　但 Eva 并没有气馁，她比谁都明白，她的坚持和努力，终有一天会让她对得起自己所吃的苦，所受的累。

　　于是，她主动推销自己，在几次出色的救场中彰显了自己的实力。

　　三年最艰辛的日子之后，Eva 成为酒吧歌手圈内小有名气的新人。

　　大家纷纷谈论，最近有一个身材瘦弱的姑娘，用一把如火如荼的弗拉门戈吉他，以及一支支热情奔放的吉卜赛舞曲，点燃了京城的夜场。

　　很快，许多著名的酒吧，陆续向 Eva 发来了高价邀请，一些选秀节目也派出星探来牵线搭桥。

　　这一切，都让 Eva 觉得，自己正一点点接近心中的梦想。

　　但是，三年来，除了梦想，Eva 也始终在默默地等待大野，等待她的爱情。

　　然而，她等来的是一个令自己伤心欲绝的电话。

　　"真没想到，你会变成这样！"电话那头的大野一边怒吼，一边摔着东西。

电话这头的 Eva 不知所措地呆立在暴雨将至的街头上。

"大野，我不明白你的意思。"Eva 委屈地哭了，这是她第一次为一个男人落泪。

"你装什么傻，自己到网上看看，照片早都满天飞了！三里屯出了个吉他女孩，她和某著名音乐经纪人有一腿，他是几家酒吧的老板……"大野歇斯底里地咆哮着。

"你真的是大野吗？"Eva 只觉天旋地转，心痛的那一刻，也是心死的一瞬间。

密集的雨点无情地砸在她的身上，每一次撞击都是心的抽搐与撕裂。

没有人拥抱她，也没有人安慰她。

这个世界好像一个巨大的枷锁，太多人似乎都不得不重复自己或是别人的生活，却没有追求自己真正喜欢和想要的人生。

Eva 不想这样生活。

又过了五年， Eva 仍然背着那把吉他，在一个个巨大的城市之中跋涉着。

对她来说，时间是用来流浪的，灵魂是用来歌唱的。

其实，早在 15 岁那年，吉他便赋予了 Eva 一颗流浪的心。从一座陌生的城市，到另一座陌生的城市，什么都不带来，什么也不带去。

她仍然没有等来大野。她听说他结了婚，也做了父亲。但他没有通知和邀请她。

在他的心里，Eva 大概早已变成一个坏女人，一个不靠谱和不值得提及的人。

人们无法喊醒一个装睡的人，同样，人们也无法埋葬一个不死的梦想。

世事再无常，也要纵容自己心中真正喜欢做的事情。不管什么时候会做，但一定不能忘掉，总有一天要去做它。

"痛过之后，我更坚强；孤独之后，我很温暖。"Eva 想着。

用了许多年，她才明白过来：原来，他人的故乡，始终是她的异乡。

从异乡到异乡的旅程，也终于使她读懂了自己的命运。她要的一点也不多，只不过是一片容得下梦想的土壤，以及能陪伴自己一路成长的伴侣。

她一直拥有着梦想，但爱情终究成了一种奢侈。

大概以梦为生的人，最终是要活在梦里的，

包括还未到来的爱情。

还好，心中有梦一路同行着；

还好，那只木雕小吉他一直陪伴她。

用一半力气，爱一个人

其实，兜兜在心里想的是，让非洲留在记忆中，也挺好。
因为太熟悉那片土地，可能这辈子都不用去了。

马达加斯加是一个兜兜从未去过的地方，却在心里魂牵梦
萦了很多年。

很多人知道这个国家，是因为一部充满惊险又满怀童趣的
动漫电影《马达加斯加》。

电影中有神奇的狐猴，会跳热闹的曼波舞；也有样貌可爱
又胖乎乎的大树，叫面包树；以及那波澜壮阔的印度洋和碧波
荡漾的塔纳湖……

然而，兜兜知道它，却是因为陈川。

认识陈川以前，整个非洲对兜兜来说，都遥远得像天边
的星星；认识他之后，那一片从未涉足过的神奇土地，却频繁
入梦。

就在陈川去马达加斯加的那一年，兜兜便对那个充满神秘

色彩的地方着了迷。

更确切地说，是对整个非洲都着了迷。

在她的心里，这个世界第四的大岛屿，就像恋人留下的脚印一样，孤独地依偎着古老的非洲大陆。

在这个世界上，并不是最美的相遇，就会有最好的结局。

直到多年以后，兜兜才明白了这一点。

北京举办奥运会那年，兜兜特意从长沙赶来，担任一名为外宾服务的志愿者。

这个长相清秀、性情开朗张扬的湖南女孩，刚到北京，便凭借着她那异乎寻常的亲和力，赢得了队友的欣赏与尊重。

与陈川的初次相遇，是在迎接非洲国家代表队入住奥运村的现场。

那时，陈川刚从遥远的津巴布韦返回北京。作为一名地质工作者，长期的野外生活使他的皮肤变得黝黑发亮，以至于兜兜第一眼看到他的时候，竟把他当成了一位非洲友人。

他是一个体育爱好者，喜欢登山攀岩和徒步旅行。阿特拉斯山、阿拉肯斯山、乞力马扎罗山……非洲所有的名山大川，几乎都曾留下过他的足迹。

由于英语很好，陈川和兜兜被分在了翻译组。兜兜看得出，陈川也是一个性情中人，个子虽然不高，但说话掷地有声，走路器宇轩昂，棱角分明的面庞与额头左侧的一道疤痕，透射出一种炽热的阳刚之美。

陈川也很健谈，常常与性格活泼的兜兜一拍即合。有一次，他绘声绘色地向兜兜描述着自己在非洲大陆上的种种奇遇与见闻，兜兜听得出了神，竟有种身临其境的错觉。

许多人印象中的非洲，还停留在《动物世界》所勾勒的那片非洲大草原上。陈川的讲述，使兜兜突然对非洲产生了浓厚的兴趣。她很想亲眼去看一看原始的非洲部落，敲一敲正宗的非洲鼓，摸一摸长颈鹿与大象。

志愿者的工作，使兜兜和陈川成了要好的朋友。在随后的半个多月里，他们共同见证了北京奥运会的盛大开幕与完美谢幕。

在那些难忘的日子里，一场场紧张激烈的比赛，足以培养一场热烈的爱情，两颗热腾腾的心，不知不觉地慢慢靠近。

与陈川在一起时，兜兜感受到从未有过的轻松。陈川的见闻，为她打开了一扇通往非洲的窗户，他经常敲着欢快的非洲手鼓，为她演唱非洲各地的民族歌曲。

兜兜生日时，陈川送给她一枚螺纹精美的菊石。他告诉兜兜，在这枚菊石灰色的石质硬壳下，藏着晶莹剔透的水晶，水晶里沉睡着三亿年前的精灵。

兜兜兴奋地依偎在他的肩头，动情地说着：

"你就是我的奇遇……"那一刻，她甚至愿意交付全部的真心，与他一起去流浪……

如果人生都只如初见，世间不知将增添多少爱的欢乐。兜兜对陈川的爱，带着新奇，也带着崇拜，但她对他的了解，仅止于他不无保留的讲述。

于是，兜兜迫不及待地想要了解自己身边的这个男人，她很想知道他过去的情感经历。而每次提起这个话题，陈川总是闪烁其词，似乎在刻意地隐瞒着什么。

2009 年元旦那天，兜兜陪陈川一起看了《马达加斯加》第二部"逃往非洲"。整场电影他们什么话也没说，当影院里爆发出阵阵欢笑时，陈川却哭了。

兜兜从他的眼泪和沉默中，感受到一种痛彻心扉的绝望。她这才隐隐发觉，原来他并没有想象中那么迷恋自己。

那晚，兜兜借故离开了影院，独自在一家酒吧里喝了一夜的啤酒。

当陈川找到她的时候，她已经醉得不省人事。

陈川抱着她，一边走，一边碎碎地说着道

歉的话语。

他像在向兜兜倾诉，又像在自言自语。

原来，兜兜一直不清楚，四年以前，陈川在同一家电影院里，和前女友一起看了第一部《马达加斯加》。前女友和兜兜一样，对非洲充满了向往。她曾和陈川相约，等到她 21 岁生日的时候，他们要一起到非洲去看沙漠。

不幸的是，前女友没能走到 21 岁的年纪，而陈川却始终记得这个约定……

2010 年的夏天，陈川不辞而别去了非洲，一路上走走停停，拍了许多照片，留下了许多回忆。

他说，他是要去实现一个愿望，让兜兜等他回来。

离开后的每一天，他都会用 QQ 告诉兜兜，自己去了哪里，做了哪些事情。他用一张又一张风格各异的照片，与兜兜分享

心情的变化与新鲜的感悟。

在陈川精心编织的非洲画卷里，他的每个所到之处，都会令兜兜心生向往。

于是，陈川每走一个地方，兜兜都在网上反复地搜索资料，了解那里的气候，那里有几座山，那里的河流叫什么名字。这种感觉，如同是她在用他的眼睛看世界。

兜兜甚至特意从商店里买来一张巨大的非洲地图，每当陈川走过一个地方，她就在上面用红色的油笔画上一个优美的圆圈。

地图上的圆圈，从非洲西海岸的尼日尔河，一直延伸到东非高原的维多利亚湖，又沿着乞力马扎罗山的东麓曲折向南，抵达了古老的莫桑比克海峡。

兜兜知道，陈川此行的目的地，一定是美丽的马达加斯加岛。那是他心仪已久的地方，也是整个非洲版图上，他唯一没有涉足过的一片土地。

她多么希望能陪着他，一同到那里去看一看。可他却独自踏上行程，将她一个人留在了他们的爱情开始的地方。

2011 年的春节前夕，兜兜突然收到了陈川从非洲发来的最后一封电子邮件：

兜兜，对不起。

我从来没有告诉过你，我的眼睛是她给我的。

那一天，我们去超市买了很多东西。回来时打车，我把东西放在后座上，让她坐在了副驾驶，没想到竟出了意外，她和司机都没有再醒过来。

我竟然活了下来，眼睛受了伤。她的眼角膜换给了我，我用她的眼睛看着这个已经没有她的世界。

我没有和别人提及，很多年来，我一直特别悔恨，车里副驾驶的位置最危险，如果我没有让她坐在前面，也许她就能活下来。

我渴望自由，已无法捆绑自己。我想得很清楚，我不能为你带来幸福。

我没有和你商量，便去了马达加斯加，一半是为了我，一半是为了她。

我想永远地留在这里，用她的眼睛看一辈子非洲。

你忘记我吧，不要再爱一个不值得你爱的人，就像我们从不曾相遇过。

邮件还未看完，屏幕上的字迹已经濡湿了兜兜的双眼。只不过，疼痛会使人成长，那时的兜兜，早已学会将哭声调成无声的状态。

如何才能当作不曾相遇过？兜兜想不明白，非洲那样真实，马达加斯加那样真实，那些山、那些河流的名字她仍然记得，如何不曾相遇呢？

所谓难解的心结，不过是一件事未能符合心意，而内心又执着于自己幻想的美好画面，或者无力接受残酷的事实。

兜兜应该是如此吧。当她明白这一点，时光已经悄悄流逝了一年。

一年之后，兜兜终于回了陈川的那封邮件：

你走了，在我的心里留下一道伤疤，那是爱你的印记，也是你的馈赠。

其实，哪里需要说"不曾相遇过"这样的话呢？我们无法让自己变得有爱或者无爱，就算我告诉你了，那也只不过是伪装。

如果我的心灵安静、无私，并且自由，爱不爱你，又有什么重要？如果我祝福你，愿你永远看到你想看的风景，我相信我也会看到自己想看的景色。

当我的心灵也自由的时候，我依然拥有爱。

我相信每个人都可以让自己的心灵变得全然自由，能够学会欣赏各种各样的事物和场景，公路两旁那些树、旅游经过的山脉、横穿城市的河流、贫穷小镇上肮脏的街道；

学会了解自己的孩子，观察他们如何长大，如何穿着，我们如何对待他们，如何对他们说话；

我相信我能够看见公路铁路、房屋建筑、河流山川的美，看到不同肤色、不同年龄、来自不同地方的脸庞的美……

我会得到释放，我的心灵是活跃的，我最终会通过自己内心的眼睛，看清楚事物的真相。

一棵树、树枝上的小鸟、水面上的光影，和生活里其他很多事情，都是爱与美的发现，都是一种真相的发现。

到了那一天，你也会为我高兴的。

在许多个关于爱情的故事里，慢慢走近，再渐渐走远，无非是每个人内心的抉择。谁辜负谁，谁离开谁，谁又再来拥抱谁，已无须算得太清。

其实，真正的爱是一场穿越自我心灵的跋涉。得到爱和付出爱，都不是容易的事。

如何爱一个人，如何与一个人建立心灵的联结，是一场长途的旅行。

我们曾经与这个世界为敌，也曾与这个世界对抗，最后却发自内心地与这个世界相爱。

兜兜所追求的幸福和快乐，就是能看着身边的爱人和孩子，思念着父亲母亲，思念过往中那些永远留在心底的人。

她突然意识到，爱一个人，用自己一半的力气就够了，另一半的力气用来爱自己。

说起来，当一个人对你说，你是我的另一半，比说你是我的一切，让人更为动容。

因为你是我的另一半，你中有我，我中有你，两个人相互独立却又相依相随；

而你是我的一切，难免会有占有和依附的心态，彼此可能是割裂的关系，有一天无法占有和依附时，便可以完整而轻易地分开来。

当我们走过一段难忘的岁月，再回头看那些时光在心底留下的或深或浅的纹路，或感动，或悲伤，错综复杂的情绪，不断地提醒着我们那些都已成为故事，好的坏的，已永不能再拥有，也不再有所谓。

2012 年 6 月，兜兜与新的男友一起看了《马达加斯加》的第三部。

在电影院里，他们轻声地说说笑笑。男友温柔地凑在耳边问她："等结婚的时候，我们去马达加斯加度蜜月怎么样？"

"不如去北欧吧，看看银河与极光。"兜兜笑着回答。

想抵达南极却往北走的人，会发现无须向外界寻找内在的喜悦和自由；那些到远方去追梦的人，终会觉察到，原来一生所要寻找的，就停留在自己的内心深处。

其实，兜兜在心里想的是，让非洲留在记忆中，也挺好。因为太熟悉那片土地，可能这辈子都不用去了。

V

即便历经山海，
始终相信人间值得

我曾经迷失于没有你的深夜里，
我曾经迷失于一片黑暗的森林里。
如今我的夜晚像蓝色的星星，也像你，
我看到你的眼睛如谜，如湖水一样深。
希望某一天，我们掀开那片记忆的土壤，
愿埋藏着的心事，已牵引出重逢的方向。

迷失的人，终将走向归途

最后的最后，不管主动还是被动，那些曾经迷失的人终会走向归途。

他们不是奔向他人，而是最终走向了另一个光明的自己。

他们生而孤独，却始终铿锵着脚步，有时候哭着哭着就笑了，仍旧向生活，显出一副无所畏惧的样子。

一个人需要隐藏多少秘密，才能巧妙地度过一生？

尘世之中，总有那么多人，因心事过于沉重，而步履维艰。

走在城市的街头，小武渴望有一扇属于自己的窗，有一扇只为自己敞开的门，有一颗热腾腾的心，能随时准备着迎接每一个自己。

说到底，他希望有一个温暖的家，即便漂荡在海角天涯，也能心有所栖。

但这一切，都只能想象和冀望。此时，小武正将冷漠的目光，从远处灯火辉煌的城市收回，他瑟缩着身子，从屋顶上爬回自己的小屋。

屋内是一张床和一张桌子，这是他的居所，一个不到十平方米的铁皮集装箱。

这个世界上，有许多繁华的大城市。那里的夜晚灯火通明，每一扇窗子都透着光，每一片光的背后，又都上演着世间的悲欢冷暖。

而小武上演着的剧情，始终是一场孤独的戏码。他性格孤僻，唯一愿意信赖的人，便是青梅竹马的阿菲。

除了心中散发着遥远光芒的爱情，小武从这个世界感觉到的只有残酷和冰冷。

然而，人世间的许多久别重逢，都不似春暖花开那般美好。

分别两年之后，阿菲的突然到来，却让落魄的小武在最初的喜悦之后，又感到极为羞愧。

对他来说，现实如同洪水猛兽。除了他居住的地方极为寒酸，他有限的积蓄，也无力支撑两个人的生活。

阿菲是一个懂事的女孩，她性情温柔，也很善解人意。她很快便觉察出了小武的难处，便对他说："小武，你别担心，这几天我一刻也没闲着，我已经在找工作，很快也可以上班。"

小武没有说话，只是用指甲狠狠地掐着手心。

想到阿菲要跟着自己受苦，他的心里便五味杂陈。

小武出生于一个偏远的山村，父亲常年在外务工，母亲患有间歇性精神病。

自小武读小学起，父亲便很少回家。人们都说他在外面有另外的家庭，还有另外的孩子。母亲最初听说时，总是以泪洗面，后来慢慢接受了事实，却患了病。

家庭的重担和母亲的暴躁，使小武从小便沉默寡言。他没有朋友，唯一的伙伴是邻村的姑娘阿菲。

阿菲与小武同病相怜，命运对她也显出了残忍的一面。在她13岁时，父亲患肝癌去世，母亲难以承受这样的重击，身体也一天天虚弱起来。

于是，从那时起，家中的许多事情，几乎都落在了阿菲瘦弱的双肩上。洗衣做饭，照顾年幼的弟弟，分担母亲的忧愁，她都不得不承担了起来，并且做得井井有条。

但上天似乎也是公平的，阿菲虽然出身贫寒，长相却十分美好。当然，这也招来一些不怀好意的殷勤。好在阿菲与小武家只有一渠之隔，小武除了能帮她做事，还充当了保护者的角色。

小武也一直喜欢阿菲，只是他将自己的感情悄悄藏在了心里。每当看到天边绝美的晚霞，或者田边盛开的各色野花时，他便希望她能靠在他的肩上，同他轻轻地说着话。

那个时候，小武无意间笑了，一定是因为想到了阿菲。

他少有的笑容，如同遮掩太阳的乌云被掀去了一角。

然而，爱情有时候也是微茫的，似乎一阵风吹过，便使它无奈地躲藏起来。

在小武 19 岁时，他的母亲在河边发病，不慎溺水身亡。从此之后，小武便孑然一身，亲情于他而言，只是一片空旷的荒原。

为了谋生，他只能外出打工。料理完母亲的后事，他便拿着父亲寄来的微薄盘缠，独自一人坐上了开往深圳的火车。

孤独的深处，其实空无一物。在无数个夜晚漫游的人，深谙其中的滋味。

与阿菲告别之后，小武再也没有回过家。两年的独自漂泊，让他尝尽了生活艰辛，也感受到了更多的悲苦。

终于，阿菲的到来，让他不再那么寂寞，他有了可以诉说悲苦的人。

小武告诉阿菲，初到这个灯火辉煌的大城市时，他曾充满惶恐。因为没有一技之长，他只找到一份在餐厅洗碗的工作，每个月六百元的工资。那时，他租不起房子，每晚睡在车站的候车室里；有时候也吃不饱饭，便去寻找别人吃剩的饭菜。

后来，他被介绍到一家工厂做工。最初是学徒工，他可以拿到一千五百元的工资。由于阿菲的母亲看病需要用钱，他每

个月都会把一半的工资
寄给阿菲。

阿菲也告诉小武，
她对他充满了感激，也
充满了思念。在母亲病
情稳定之后，她便让弟
弟照顾母亲，一个人到
深圳来看望他。

为了能减轻小武的

负担，阿菲找到一份保洁员的工作，工资日结，每天能赚到一百元钱。

每天晚上，她也会把赚来的钱分成两份，五十元留给母亲，五十元交给小武。

只是，阿菲不知道的是，小武心里还承受着另外的痛苦，他一直悄悄隐藏着一个难以启齿的秘密。

做学徒工之后，为了能给阿菲多寄一些钱，小武曾经做过兼职。那些日子，他每天下班后，都会到工厂外的一家小酒馆中做服务生。

酒馆里经常出入一些衣着暴露的女人，她们都是住在附近的站街女。工厂里男多女少，许多寂寞的单身汉，也曾拨打过这些女人的电话。

那是一个夜晚，隔壁传来的一些男女的声音，令小武辗转难眠。于是，他也从床垫下翻出一张名片，双手颤抖着拨通了上面的电话……

每次想到这些，小武都会感到十分悔恨。他总觉得，那张象征自己人生的白纸已经不再纯洁，取而代之的是一种挥之不去的阴影。

他对阿菲的感情越深，这种深深的刺痛，也就越发强烈。

谁能没有秘密呢？只是有些秘密可以揭穿，有些秘密却要

带入坟墓。

小武并不明白，生活还有更大的打击在等着他。

立冬的前一天，阿菲突然接到弟弟的电话。弟弟焦急地说，母亲的病又严重了，需要住院并接受手术治疗。

当得知需要十几万元的医疗费用时，阿菲失声痛哭。这对他们来说，实在是很难的事。

那晚，阿菲没有回家，她失魂落魄地走进了一家宾馆。

有人在那里等她，但不是小武。

阿菲到家时，已是凌晨 3 点。她拖着疲惫的身子，一步一步地挪进了小屋内。

屋里亮着灯，小武睁着眼睛躺在床上，悄无声息。

一瞬间的寂静，就像一把深入骨髓的利刃，凝固了时间，冻结了空气。

"小武，还没睡吗？"阿菲的声音有些虚弱。

除了寂静，还是寂静。

当阿菲走近床边时，小武默默地翻了个身，故意把脸背了过去。

小武的沉默，让阿菲心如刀割，但她并不怪他。

那一刻，她只觉得自己是肮脏的化身，命运的催逼使她欲哭无泪。她别无选择，因为生活已经替她作出了选择。

第二天，小武和阿菲照常上班，就像什么也没有发生过一样。到了晚上，阿菲仍会把赚来的钱分给小武。

唯一不同的是，她给小武的钱由五十元，变成了五百元。

很快，在小武的眼中，阿菲变了。她换上了时髦的衣服，还画起了妆，比以前漂亮很多。

只是，小武没意识到的是，自己也变了。他变得比以前更加沉默寡言，变得开始害怕回家，害怕见到阿菲。

然而，人的一切痛苦，无外乎是对自己无能的愤怒。

阿菲的改变使小武痛不欲生。

他不敢睡觉，因为一闭上眼睛，脑海里便会浮现出阿菲被人蹂躏的画面。那时，他的胸口总会疼痛难忍，心中压抑着的怒火，让他感到自己仿佛要燃烧起来。

小武的心中充满了仇恨，既痛恨那些玩弄阿菲的男人，也痛恨自己的懦弱与无能。

"你们玩弄了我的阿菲，我也要玩弄你们的女人！"他终于让自己呓语般的情绪，变成了一句句喷薄而出的诅咒，并且愤恨地去实施了他的咒语。

于是，小武不再去工厂上班。他拿着阿菲给他的钱，也去了她无数次去过的宾馆。他无法控制自己，只能通过同样龌龊的方式，宣泄复仇的欲望。

但每次从宾馆的房间走出，小武又会万分悔恨。内心巨大的空旷和痛苦，使他止不住地呕吐。每每此时，他都会觉得自己罪孽深重，不应苟活于世。

只是一想到阿菲，想到她以后要独自面对生活的苦，他便又失去了终结生命的勇气。

无能为力的人，只能饮鸩止渴，用一种更大的痛苦来抵挡前一种痛苦。

于是，在无人的夜晚，小武用一把锋利的刀子，一道一道划破自己的手臂。在鲜血涌出的那一瞬间，他感觉不到疼痛，反而有一种残忍的快慰。

他看到每一滴血，都如同渐渐盛开的殷红的花朵。

城市的夜晚，依旧灯火辉煌。但这种繁华，永远和小武无关。

又一个阿菲外出的夜晚，小武坐在宾馆的沙发上，头深深地低下去，埋在两腿之间，十指都陷在头发里。

过了许久，他抬起头，从口袋里拿出手机，先后拨通了两

个电话。

挂掉电话后，小武木然地看着天花板出神，灯光惨淡地照在他毫无光彩的瞳孔里。

没过多久，房间里便多了一个打扮得花枝招展的女孩。

五分钟后，屋外响起了急促的敲门声："开门！开门！例行检查！"

十分钟后，小武和女孩被铐在了警车上。

小武因为嫖娼，被处以十日拘留和三千元罚款。

原来，小武的电话，一个打给名片上的陌生人，一个打给了警察。

十天后，小武在看守所的门外，看到了阿菲单薄的身影。

他低着头没说话，用鞋子踩着地上的几片落叶。他已经做好了准备，他在等着阿菲向他走来，责怪他或者与他彻底决裂。

"小武，我们回家吧，离开这里，去过平静的生活。"阿菲走到他面前缓缓地说着，泪水如同决堤的洪水，早已模糊了她的双眼。

小武这才发现，眼前的阿菲憔悴了很多。

之后他便得知，阿菲的母亲在小武被抓的第二天就去世了。她刚从家中赶来，接他回家。

"我已经失去了爱我的母亲，我不能再失去你。"阿菲看着小武的脸，两手紧紧抓住他的衣袖说。

小武此刻已经满脸泪水，他将阿菲狠狠地拥入怀中，用自己的脸颊为她擦去眼角的泪水。

"阿菲，我带你回家，我把你给我的钱全部花出去了，我们不要那些钱，我会很坚强，很努力，我可以挣钱养你……"小武泣不成声。

阿菲没有听他说完，便用一个深情的吻，封住了他颤抖的双唇。

或许，生而孤独的人，也意味着不得不独立，不得不拼尽全力活下去，不得不去爱。

最后的最后，不管主动还是被动，那些曾经迷失的人终会走向归途。他们不是奔向他人，而是最终走向了另一个光明的自己。

如同小武和阿菲一样，这世间有太多相爱着的人，他们在这个时而冰冷，时而温暖的人间，无数次相聚又离开，满含欢喜，又悄然落泪。

他们生而孤独，却始终铿锵着脚步，有时候哭着哭着就笑了，仍旧向生活显出一副无所畏惧的样子。

在那个荒凉的秋日下午，两个瘦弱的身影渐渐远离看守所的大门。

他们踏着满地的黄叶，慢慢地消融在夕阳中……

所有的后会有期，都是来日的别来无恙

大概许多年之后，他们仍会清晰记得，在那个飘着大雪的夜晚，两个曾相互喜欢的人，再次相逢在小小的刺青店。

那一晚，他们像久别重逢的老朋友一样，静静地互诉衷肠，然后再坚定地各自走远，深陷于各自的生活里。

命运之神总会开着大大小小的玩笑，让那些错失爱情的人，在不经意间悄然重逢，制造着惊喜，增添着忧愁，也带来释怀。

一个飘着雪花的冬夜，莫北靠在刺青店的门边，默默地点燃了一支烟。

隔着一道玻璃推拉门，他眯着眼睛，向远处望着。在风雪交加的夜色之中，昏黄的路灯被凝成一抹温暖的鹅黄。

忽然，莫北在混沌的街角处，捕捉到一个纤瘦的身影。随着那个身影越走越近，一张冻得微红的瓜子脸也在风雪中渐渐清晰起来。

待他看清时，心中不由得一惊，那是他曾经极为熟悉的面庞。

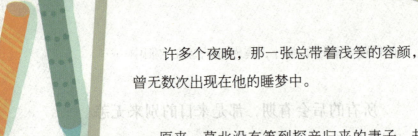

　　许多个夜晚，那一张总带着浅笑的容颜，曾无数次出现在他的睡梦中。

　　原来，莫北没有等到探亲归来的妻子，却等来了曾苦恋多年的老同桌。

　　那是一个名叫胡蝶的女孩。

　　"怎么是你？"胡蝶也觉得有些意外，她抖了抖肩上的积雪，惊讶地望着莫北。

　　"外面冷，先进来再说吧。"莫北掐灭了烟，侧身将胡蝶让进店里。

　　迎面扑来的暖气，使胡蝶的眼镜上结了一层白雾。她连忙拿下眼镜，用纸巾擦拭了一下镜片，才看清了店内的陈设。

　　在这个不足三十平方米的店铺内，墙壁上挂满了大小不一的相框。这些镶着彩绘的相框形状各异，里面的绘画也都千奇百怪，美不胜收。

　　"这些画真美，都是你画的吗？"胡蝶禁不住问。

　　"都是以前画的了。"莫北说着，为胡蝶端

过来一杯热水。

接过水杯时，胡蝶无意间看到，莫北左手的腕上文了一只眼睛的刺青，藏青色的花纹，黑色幽深的瞳孔。

那一刻，她忽然觉得，这只眼睛似乎在哪里见过……

此时，收银台上的老式电话响了起来。莫北抱歉地看了蝴蝶一眼，便起身去接电话。

正是这个电话让两个曾互相爱慕的人，渐渐平息了些许激动的心情。

电话是莫北的妻子打来的。她告诉莫北，因为下雪的缘故，汽车开得比平时慢了很多，要晚一些才能到家。

莫北在电话中嘱咐了妻子一些话，才安心地放下了话筒。

他的妻子名叫孟珂，蝴蝶也是认识的，他们是同班同学。莫北手腕上那只眼睛刺青，便是依照妻子的眼睛文上去的。

此情此景，让胡蝶的心底突然生发出了几分嫉妒。

从莫北的一举一动中，她看出了他对妻子的在乎与用心。但在十几年前，他曾是那样热烈地追求过自己。

胡蝶不得不承认，她对莫北的确是动过心的。

早在中学时期，她就知道他是一个值得托付终身的男人，但她也知道，父母绝不会同意她嫁给一个从小在孤儿院长大的人。

初中毕业时，胡蝶跟随着父母搬到了南方的一座省会城市。

而莫北只能继续留在原来的城市，一边打零工，一边读书。

在这次相遇之前，胡蝶再也没有想到还会见到莫北。学生时代的纯真爱情，虽然在记忆里显得弥足珍贵，但也最容易被纸醉金迷的现实碾轧，变得支离破碎，抑或面目全非。

大学毕业后，胡蝶凭借美丽的外表，嫁给了一名富有的商人，随即便过上了养尊处优的生活。她不用为生计操劳，每一天只需想着如何消遣度日，或者打牌遛狗，或者约朋友逛街，或者陪丈夫应酬。

最初，在虚荣心的驱使下，胡蝶乐此不疲地享受着她奢华的人生，但时间长久之后，如同潮水一般漫上她心头的感觉，却是无尽的空虚与无聊。

几年后，她和丈夫的感情日渐淡薄，并且同时有了外遇。

离婚时，丈夫带走了儿子，而她最终只得到一笔存款和一套空房子。

　　想到这里，胡蝶轻轻叹了口气，她很想再见一见孟珂，希望看到她有什么变化，以及这些年来，莫北生活得究竟怎样。

　　从随身携带的皮包里，胡蝶取出一盒女士香烟。她冲莫北微微一笑，眼角的鱼尾纹已经隐约可见，却也恰到好处地烘托出她成熟优雅的气质。

　　"你能为我做一个刺青吗？"胡蝶指了指墙面上的一幅蝴蝶彩绘问莫北，"这个很漂亮，就是它，怎么样？"

　　莫北思索了片刻，眼神中闪过一丝犹豫。

　　他以为自己早已放下了那段深埋心底的情感，但胡蝶的突然出现，的确让他的内心泛起了一阵涟漪，甚至又一次激起了他内心深处的渴望。

　　"我从来不给女人刺青。"莫北也点燃了一支烟，他努力地压抑着情绪，同时也为自己不切实际的想法感到羞愧难当。

　　"为什么？"莫北的拒绝，使胡蝶感到有些意外，也有些失落。

　　"刺青，刺在肉里，疼在心里，只给有罪的人。我的双手是专门为男人刺青的，对不起……"莫北还未说完，便看到胡蝶有些失神，他停止了尚未说出口的话。

胡蝶没有对莫北的话产生疑问，她只是沉默着。目光扫过莫北手腕上刺着的那只眼睛，她想起了也曾使她深深受伤的情人。

　　他是一家杂志的主编，其貌不扬但谈吐优雅，不像自己的丈夫，总是一副庸俗粗鄙的模样。胡蝶很喜欢靠在他的肩头，听他讲解各种典故，分享生活中的种种智慧。

　　她想起他的背上有一块如同刺青一般的胎记，他曾跟她打趣说："这胎记就是前世的伤疤，是对死亡的记忆。人死前伤在哪里，下辈子就会在哪里长出胎记。"

　　胡蝶一直记得这句话，她对他的话语总是记得很牢。丈夫亏欠她的爱，在他这里几乎都得到了弥补。这甚至足以让胡蝶沦陷了自我，沉浸在她所信奉的爱情里。

　　直到有一天，她的情人患了癌症，离世前卧床不起，但她甚至没有资格在病床前照顾他。那一刻，胡蝶才如梦初醒：原来，自己仅仅只是一个外人。

　　尽管他真心爱她，但又能怎样呢？他终究不是自己的丈夫。最后的时刻，是他的妻子和孩子，以及他的一些亲人围在他身边……

　　想到这里，胡蝶的胸口隐隐作痛，丈夫和情人都伤透了她的心，所托非人的悲哀，时常在无人的暗夜里令她欲哭无泪。

　　她总是想，或许来生，自己的胸口上也会长出一片心形的

胎记。

那刺青般的胎记，既是她的伤疤，也是她犯下的原罪。

那晚，是胡蝶来到这座城市的第二天，只有她自己清楚，她是来逃避和疗伤的。

她原本要去药店买止痛药。这座她曾经生活了十几年的城市，她刚一回来胸口便刺痛难忍。但当她走过一处街角时，忽

即便历经山海，始终相信人间值得　199

然被"莫北刺青店"的冷光招牌吸引了目光。

学生时代里，莫北留给她的美好记忆，在那一瞬间被重新激活。

于是，她满心期待地走进那家店铺，她想看看玻璃门后面的身影，是不是那个曾一封封写情书给她的莫北。

竟不想，果真是他。那一刻，胡蝶死寂的内心，突然现出一丝微光。

但莫北似乎没有她想象中那样，表现出久别重逢的激动和热烈。

门外的雪越积越厚，他的妻子却迟迟未归。胡蝶看得出，莫北显得极为焦虑，他一根接一根不停地抽烟。

"好多年不见了，聊聊你吧，关于这家店，还有你手腕上的那只眼睛。"胡蝶打破了沉默。她紧紧地握住水杯，感受着莫北在杯壁上留下的余温。

仅是一句话，便冷寂了莫北内心中所有的波澜和渴望。

"我是一个罪人……"停顿了片刻之后，莫北开始了他的讲述……

莫北是一个弃婴，生下来就被父母抛弃在孤儿院门口。他的童年在孤儿院中度过，但与别的孩子不同的是，他从小就很懂事，也很坚强，小小的年纪眼神便常常透露出坚毅。

15岁那年，莫北凭借出众的绘画天赋，被市里的一所重点中学破格录取。他在那所学校认识的第一个朋友便是他现在的妻子孟珂。

那时，孟珂的家庭条件极为优越，父亲是有名的医生，母亲是大学教授。在严格的家教管束下，她每天除了要用功读书之外，还要在业余时间学习钢琴和芭蕾舞。

孟珂家就住在孤儿院近旁的小区里，她常常趴在窗边，用羡慕的眼神望着那些在孤儿院里嬉戏打闹的孩子。

那时，孟珂对自由的渴望，胜过任何赞美与荣誉。她宁愿做一个自在玩耍的孤儿，也不愿做一个被束手束脚的宠儿。

最初，孟珂并不知道莫北是一名孤儿。在一次放学回家的路上，她无意间看到莫北将自行车骑进了孤儿院里。在好奇地询问过孤儿院的看门人后，她才得知莫北的身世。

从那以后，孟珂每天清晨都早早地趴在窗前，望着孤儿院的大门。看到莫北从大门里骑车出来，她才匆匆忙忙地下楼，莫北总误以为他们只是同路偶遇。

慢慢地，孟珂和莫北成为很要好的朋友。那时，他们正处于情窦初开的年纪，孟珂发现自己渐渐喜欢上了目光坚毅的莫北。

但她心里也很清楚，莫北一直喜欢他的同桌胡蝶，那是一个名字和人一样美丽的女孩。

莫北给胡蝶写过许多封情书，胡蝶都会悄悄地收起来。有时候，一句不经意的话语，或者一个眼神、一个动作，都成为他们之间不用言说的默契。

那时，在课业的压力与父母的管束下，孟珂只能默默地关注着心爱的人，并将这份纯真的感情小心翼翼地藏在心底。

高三那年的暑假，为了给胡蝶制造一个惊喜，莫北跑遍了全市才买到一枚心形的烟花。

那天晚上，刮起了很大的风。莫北来到胡蝶家的楼下，在街边的电话亭里拨通了她的电话。

听筒中反复传来的忙音，使莫北有些诧异，他又去敲她家的房门，仍然没有人。后来他才知道，就在两天前，胡蝶的父母已经带着她，提前搬离了这座城市。

莫北失落地抱着那枚烟花，来到了孤儿院旁的一块空地上。他痛苦地闭上眼睛，决定用那束烟花的绚烂，来宣泄心中的情感。于是，他便点燃了烟花的引线。

竟不想，就是这样一个小小的举动，却酿成了一场无法弥补的悲剧。

正在那时，一阵风吹倒了即将绽放的烟花，

紧接着，一道耀眼的白光擦过莫北的肩膀，呼啸着冲向迎面走来的孟珂。最终，烟花在她的头部炸出一朵绚烂的心形。

每一次无意伤害的背后，都有一个无辜受难的人。当莫北将孟珂送到医院时，她早已不省人事。经过几个小时的紧张抢救，孟珂总算脱离了生命危险，但左脸和颈部被严重烧伤，左眼也不幸失明。

在医院的走廊里，孟珂的父母早已泣不成声，但面对一个十几岁的孤儿，他们也不知如何发泄心中的愤怒。

三天后，孟珂终于从刺痛中苏醒过来。她的脸上缠满了白色的绷带，只有右眼依稀能看到一线光明。她记不清那天夜里发生了什么，只是在睡梦中一次又一次地被一道白光惊醒。

又过了几天，医生开始为孟珂做第一次整形手术。

手术非常成功，但她的左脸上，还是留下了许多明显的伤痕。

醒来后，孟珂平静地接受了命运的打击，哪怕她的左眼永远地陷入黑暗中。她并不在乎自己的安危，反而一直担忧着莫北的情况。因为爱，她甚至不愿责怪他，也不希望他带着负罪感艰难度日。

那天，莫北正悲伤地守在病房门外。孟珂的父母不允许他来探望孟珂，他们都把他当作造成女儿不幸的罪魁祸首。

人是随着光阴缓慢成长起来的，却是在一瞬间成熟和变老的。命运的残酷之处，莫过于让人在犯错的同时，拥有一颗善良的心。一夜之间，莫北的头发便白了许多，他对孟珂的不幸充满了歉意和悔恨。

如果可以，他甘愿独自承担和品尝这一命运投来的苦果。

孟珂住院的那些日子，莫北每天都守在医院的病房外。

他并不奢求原谅，只求能为她做些力所能及的事情。哪怕做不了什么，只要能守在她的身边，也会让他的心里好受一些。

孟珂的父母虽然一时还不能接受莫北的道歉，但他的诚意，已经使他们的态度有所松动。

他们并非不通情理之人，只是女儿的不幸来得太过突然，而旁人永远无法体会这种刻骨铭心的疼痛。

"孟珂，就是用我的双眼来换，我也要想办法医治你的眼睛。"莫北在心里默默做了一个决定。他不想逃避，而是要以一种近乎苛刻的标准，为自己的过失赎罪。

那一年，莫北放弃了就读大学的机会，一边工作，一边卖画。对孟珂的愧疚，使他的心如同一个巨大的空洞，他越是使自己辛苦劳顿，越是觉得心安一些。他甚至不再奢求爱情，只是偶尔，胡蝶才会出现在他的梦里。

突然有一天，一位穿着古怪另类的中年人买走了他全部的画作。他很欣赏莫北的绘画作品，并提出希望莫北能到他的刺青店里工作。

那家刺青店刚好在孟珂所在的医院附近。得知这一情况后，莫北欣然接受了那个男人的邀请。

那时，莫北对刺青的工作几乎一无所知，在那位老刺青师的指导下，他最开始只是从事一些简单的文绘工作。

几乎每一天，莫北都要用一种油性颜料，在形形色色的客人身上，绘制各种各样的图案，然后交给刺青师，由他用刺青笔在客人的皮肤上，一笔一笔刺满细密的点状，最后连成精美的图案。

刺青过程中的刺痛感，在每一位刺青者沁出的汗珠与身体的颤抖中，体现得淋漓尽致。莫北一直记得师傅说过这样一段话："有些人刺青是为了个性，有些人刺青是为了装饰，但真正的刺青，是刺在肉里，疼在心里，只留给有罪的人……"

莫北也觉得自己有罪，他让一位花季女孩，从此陷入一场噩梦。

于是，在孟珂前往韩国做第二次整形手术的那晚，莫北在自己的左手腕上，刺下了一只藏青色的眼睛。

那是孟珂的眼睛，也是上天的眼睛，他既要赎罪，还要用一只眼睛来自我救赎。

从此，一阵刻骨铭心的疼痛，在他的心中凝成一片勇者的图腾。

孟珂回国那天，莫北偷偷地送给她一个厚厚的笔记本。

翻开本子的那一刻，孟珂的眼睛湿润了。本子里密密麻麻地写满了莫北的笔迹，他记下了各种有助于视力与疤痕恢复的资讯与秘方。

对于莫北来说，工作之余的全部生活几乎都与孟珂有关。愧疚沉淀出的土壤，使他的内心世界开满了温暖的花，他不想错过任何一个治愈孟珂的机会。

其实，孟珂从未责怪过莫北，她只是不知该如何面对他。她的脸上留下了丑陋的疤痕，左眼也永远失去了光泽。

她害怕莫北再也不会喜欢上自己。是的，她并不在乎别人怎么看自己，却不能不考虑莫北的感受。

假如世界上有能够恢复美丽的药水，孟珂愿意用一切来交换，只要能让他愿意接受她。

于是，在每一个夜晚降临的时刻，她都在窗边默默地许愿，希望再次睁开眼睛的时候，能够在镜中看到曾经的自己。可是，日子一天一天地过去，她的生活却一成不变。

她开始变得更加压抑，不愿意出门，也不愿走出自己营造的黑暗。

莫北得知了孟珂的情况，勇敢地敲响了孟珂家的门。他不顾一切地拉起她的手，向着外面的世界一路奔跑着。

"孟珂，跟我走好吗？我带你去过新的生活……"在一处山丘之上，莫北用尽浑身的力气，向着天空高声呐喊。

这是来自灵魂深处的呼喊，喷薄而出的力量，似乎点燃了孟珂压抑多年的感情。

莫北引导着孟珂一起向着远方呼唤。在一声声呼喊中，孟珂忽然觉得自己的身体变得轻盈起来，像一阵风飞扬，又像一阵烟飘起。

那天，城市的边缘，燃起了绚烂的火烧云。

他们或者奔跑跳跃，或者呐喊欢笑，两颗热烈奔腾的心，终于慢慢交融在一起。

有一瞬间，孟珂愿意同莫北一直奔跑下去，也是在那一瞬间，她突然停下了脚步。

"莫北，你愿意接受我吗？我现在很丑……"孟珂终于鼓起了勇气说。

"回家吧，我去跟你的父母谈。谁也不能阻碍我们在一起……"莫北的坚定令她惊讶，同时也使她感受到一种从未有过的幸福。

痛苦的经历，会让人成熟，也会使人坚强。孟珂狠狠地点了点头，只要有莫北在，她便无所畏惧。

这一次，孟珂的父母终于被莫北的真诚打动。他们不想让女儿再承受一重打击，只要孟珂是愿意的，他们便满心祝福。于是，他们不仅答应了莫北的请求，还主动提出为他们提供一些生活上的帮助。

莫北拒绝了孟珂父母的帮助，他决心以自己的力量给她幸福。他先是开办了一间画室，后来又将画室改造，设计成一家独具特色的刺青店。

爱情的力量，使孟珂忘记了伤疤，渐渐地走出了阴影。在莫北的鼓励下，她又重新回到了学校，学习美术。在人生的舞台上，她用自信的谈吐和灿烂的笑容，消泯了脸上的伤疤，也完成了青春的蜕变。

几年后，在亲朋好友的祝福下，他们步入了婚姻的殿堂。

婚后的生活恬淡自足，莫北绘画刺青，孟珂是他最得力的助手。他们在彼此的世界里相互依偎，享受着心灵的平静与安宁……

许多年来，莫北从未在记忆里行走得如此深远。

当他抬起头，再次看着门外的夜色时，他感觉到心里似乎有一处地方，轻轻地爆裂，之后，便如同雪花一样轻盈飘落。

他惊讶地发现，讲述原来有如此巨大的力量，竟然比单纯的回忆更加醇厚。

如果说莫北的心底，在胡蝶最初到来时，升腾起了一丝久违的炽热，那么，那一股炽热，此刻便已消逝。他竟在不知不觉之中，完全放下了过往的羁绊。

而作为一个突然到来的客人，胡蝶既不知道这个故事的开端，也无法猜到它的结局。

那一刻，她对孟珂没有任何同情，如果毁了容颜，便能守在这样一个男人身边，她此刻也是愿意的。

"你还要做那个蝴蝶刺青吗？如果你愿意，我的妻子可以为你做……"莫北向胡蝶说，那似乎是一串他之前尚未说完的话。

"可以把那幅绘图送给我吗？这样就可以了……"胡蝶看着墙上的相框，若有所思地说。

之后，他们两人相视一笑，似乎觉得这一场谈话应该结束了。

雪仍然不停地下着，莫北心神不宁地看着墙上的钟表。

这些胡蝶都看在眼里，只是一些细微的动作和神情，她便了然他的心境。

于是，在几个钟头的长谈之后，胡蝶也松了一口气。不管怎样，莫北终究只是自己生命中的一个过客。她有着自己的命运，有着自己需要继续行走的道路。

　　或许，上天故意安排这一场相遇，让他们在彼此的倾心相谈中，解开曾深深系下的心结。

　　大概许多年之后，他们仍会清晰记得，在那个飘着大雪的夜晚，两个曾相互喜欢的人，再次相逢在小小的刺青店。

　　那一晚，他们像久别重逢的老朋友一样，静静地互诉衷肠，然后再坚定地各自走远，深陷于各自的生活里。

　　与莫北道别之后，胡蝶踏着厚厚的积雪，走出了刺青店。

　　听着门外的声响，莫北觉得那一阵渐渐远去的脚步声中，带着有力的节奏，仿佛不同于它来时的声音。

　　又过了一会儿，莫北看着那些踏在雪地上的脚印，又落上了新的积雪，便在心里反复地想着："我的妻子应该就要回来了……"

那些答案，飘零在风中

"图雅，你相信月亮上有湖泊吗？"骆驼忽然问图雅。

"我相信，我的爸爸告诉过我，月亮就是天上的湖泊。"图雅望着夜空回答。

"我也相信，因为每一位好父亲，都不会骗自己的孩子。"骆驼笃定地说。

哭泣了一整夜之后，图雅决定天亮时就离家出走。

正青春的年纪，率性而为的脾性，处处显露出她满身的理想气息。

无论如何，她不能接受心中的那片圣土中，长出不喜欢的植物；也不能允许清澈的心海里，漂来不喜欢的水草。

图雅无法原谅自己的母亲，无法容忍除了父亲以外的男人，照顾她，或者再给她爱情。

当母亲将一个陌生的男人带回家，并郑重向她介绍，这个男人以后要和她们一起生活。

那一刻，图雅心里想着父亲的样子，只觉得母亲背叛了他们曾经的感情。

回到自己的房间，图雅气愤地坐在沙发上。眼泪从她的眼眸中一行行流下来，温热地滑过她纯真美丽的脸庞，再滴落在她洁白的裙摆上。

许久之后，图雅在泪眼模糊中，开始收拾行李。一切都准备好时，她看了看时间，凌晨三点半。她突然感到极为困倦，便蜷缩在沙发里睡着了。

图雅睡得很浅，意识里有很多梦。在梦中，她来到了沙漠中的月亮湖，看到了父亲站在画板前，对着她和母亲笑。

再睁开眼睛时，天开始微微亮了，刚好是出发的时刻。

回想着梦中的景象，她知道了要去哪里。

随着火车轰隆轰隆地向前开进，风景一帧一帧地向后倒退，图雅来到了月亮湖畔。

这是曾为了满足她的心愿，父亲带她来过的地方。

月亮湖，这个位于腾格里沙漠深处的湖泊，是大自然的神来之笔。

湖中一半淡水，一半咸水，在一片茫茫无际的荒沙里，如同一支蓝色的玫瑰，独自绽放着孤傲的生命之美。

望着金色的沙、蓝色的湖与白色的飞鸟，图雅的心头浮现的是过去的幸福，父亲的音容笑貌似乎就在身边，如同刻在了风里一般。

图雅与父亲的感情很深。他是一位大学教师，平日里最大的爱好是用画笔记录生活。他爱妻子，也爱女儿，希望把最美

的风景画下来，留给生命中最心爱的两个女人。

　　父亲也是一个极为浪漫的人。年轻时，也曾带着母亲来过这里。那时虽然还没有蜜月一说，月亮湖却是他们爱情的圣地。

　　图雅一直记得，18岁生日时，父亲知道图雅喜欢月亮，喜欢大海，便托人从海边为她带回了一份特别的生日礼物。

　　那是一只在玻璃瓶中游动的生物，它有一个美好的名字，海月水母。

　　关于这只海月水母，父亲还为她讲了一个同样美丽的故事：

　　月亮上有一个湖泊，由善良的眼泪汇成。每当湖泊中盛不下更多的泪水，多余的眼泪就会化作雨滴，在每一个月色皎洁的夜晚，随着光芒悄悄地坠入大海。

而且，月亮的每一滴眼泪，都会化作一只晶莹剔透的水母。所以，每一只水母都是海中的月亮，它们继续散发着光芒。

那天，图雅听完父亲的故事，看着玻璃瓶中忽闪忽闪的水母，顿时觉得爱不释手。

从此之后，她对月亮上的湖泊也充满了向往。

于是，刚过完自己的 18 岁生日不久，图雅第一次来到了月亮湖。

那是一个暑假，也是黄昏，父亲在湖边支起了画板。

图雅被月亮湖的美丽深深地震撼。在父母的注视下，她欢快地在湖边翩翩起舞。

那时，这个 18 岁的少女，还像一个没有长大的孩子。在父母的疼爱下，她任性而快乐地活在懵懂的世界里。

　　那天，父亲在画板上画下了在湖边跳舞的女儿。他捕捉了这样一个瞬间：在月亮湖东岸的金色沙滩上，身穿粉色单袍的图雅，在奔跑中回眸眺望，脸上洋溢着幸福的笑容。

　　假如时间能够定格在那一瞬间，也许图雅会永远幸福下去。

　　但事与愿违。一年后的一天清晨，父亲在家中突发脑出血。患病的一个月之后，他便永远地闭上了眼睛。

父亲走后，海月水母消融在水中，玻璃瓶中只有浑浊的液体。后来，图雅又看到了那幅夹在画板里的画。画中的自己笑容灿烂，仿佛一切都发生在昨天。

她看着画板，眼泪簌簌地往下落，似乎要聚成河流，汇成湖泊。

但在她的意识中，父亲并未离开这个世界，他只是以另一种方式存在，继续陪伴着她和母亲。

图雅在湖边静静回忆着过去，悲伤一阵阵袭来。

她觉得这个世界已无可留恋。傍晚来临时，她想为父亲再跳一支舞。

于是，在那个残阳如血的黄昏，图雅跳起了一支忧伤的舞蹈。湖中的倒影仿佛是她的孪生姐妹，她们时而抛袖，时而旋舞。

这是她跳给父亲的舞，也是她跳给自己的最后一支舞。

或许是太过投入，图雅没有意识到，在离她不远处的沙丘旁，有一个人静静地欣赏着她的舞步。

当她放下手臂的时候，他慢慢地走向她。

"你的舞蹈真好看。"他的嗓音浑厚低沉，甚至使周围的空气出现了微微的震动。

图雅没有说话，只盯着眼前这个人的脸。

"你叫什么名字？我叫骆宁，不过大家都叫我骆驼，我的网名是骆驼。"骆驼说出自己的名字，手臂上刻着的红黄相间的骆驼文身，被夕阳的余晖镀上了一层暖色。

"图雅。"在骆驼面前，图雅显得有些冷漠，也有些腼腆。

但这并不妨碍骆驼的热情。他继续赞扬说："你的舞跳得的确很美，和你的人一样美。"

骆驼的夸赞，图雅并没有在意。她只感觉到脸颊腾起了一抹绯红，心跳也开始加快。

因为那一刻，她突然发现，眼前这个自称骆驼的男人，竟与自己的父亲很像：结实的臂膀，浓密的眉毛，甚至连额头的竖纹都一模一样。

这让她的心里顿时生出一种亲切感，像与骆驼认识了许久。

他们坐在沙丘上静静地交谈，图雅心中的悲伤也渐渐停歇，仿佛找到了停泊之所。

图雅告诉骆驼，在父亲去世一年后，也就是这个暑假，家中忽然来了一个陌生的男人。

那天晚上，母亲对她说："这是李叔叔，你爸爸的朋友。以后，他会替爸爸照顾我们。"

图雅从未想过，母亲竟然这么快就要嫁给别的男人。她无法忍受母亲对父亲的背叛，她只愤怒地拿起电视柜旁的花瓶，用尽力气扔在了那个男人的身上，便转身冲进自己的房间。

母亲和那个男人的声音被关在门外，图雅的内心却始终无法平静。她很厌恶那个男人的出现，也恨母亲的自私，更恨自己的软弱无能。

她无力阻止母亲的背叛，无力维护父亲的尊严，只能逃离那个支离破碎的家庭，逃离那个充满美好回忆的伤心之所。

于是，第二天黎明时分，图雅毅然地离家出走，并打算永远不再回去。

说到这里，图雅忍不住啜泣起来。

骆驼没有说话，他拉起图雅，便向前奔跑起来。

骆驼带着图雅来到一辆越野车旁，那是他租下的沙漠体验

交通工具。

"坐稳了，沙漠飞奔模式马上开始！"骆驼不由分说地启动了车子。

白色越野车像一道闪电，在连绵起伏的沙丘中飞奔起来。车子颠簸着爬上了一个陡坡，马上又从坡顶急速地俯冲下去。

图雅心头一紧，尖叫着捂住了眼睛。每一次起伏，她都觉得自己就像是坠入了一个旋转的黑洞，一时间翻江倒海，头晕目眩。

一阵飞奔之后，骆驼将车子重新停靠在湖边的沙丘旁。

这时，夜色已经很浓，璀璨的银河倒映在平静的湖面上。

骆驼在湖边搭好了两个小小的帐篷，又生起了篝火。

之后，他给图雅披上一件大衣，从越野车的后备厢里取出

一把吉他，开始弹唱起一首歌：

一个人要走过多少路，
才能被称作真正的人？
一只鸽子要飞过多少海洋，
才能在沙滩上长眠？
炮火要掠过天空多少次，
才能永远地消失？
我的朋友，那些答案就飘零在风中，
答案随风而逝。

一座山峰要屹立多久，
才能被冲刷入海？
人们还要活多少年，
才能最终获得自由？
一个人要几度回首，
才能装作视而不见？
我的朋友，那些答案就飘零在风中，
答案随风而逝。

一个人要仰望多少次，

才能看见苍穹？

一个人要有多少只耳朵，

才能听到人们的哭泣？

要经历多少次死亡他才会知道，

太多的人已付出生命？

我的朋友，那些答案就飘零在风中，

答案随风而逝。

夜空中的星星忽明忽暗，它们挂在天边，冷冷地俯视着人间的冷暖悲欢。

这首歌图雅听得泪流满面，骆驼也唱得泪流满面。

"图雅，我能体会你的悲伤，但不管多么伤心欲绝，都不要轻易想到死。"骆驼放下吉他，将一张纸巾递给图雅。

图雅接过纸巾，默默地点了点头说："谢谢。"

一首歌似乎完全打开了两个人的心扉。骆驼用手臂擦去泪水，脸上的表情却不再轻松。

"想不想听听我的故事？"骆驼望着图雅，喝了一口瓶装水。

图雅紧了紧身上的大衣，还是点点头。

骆驼的目光望着远方，开始向图雅讲述他的经历。

就在不久前，他被母亲推出了家门，事情的缘由是父亲的离世。他记得很清楚，离开时，他回头看了母亲一眼，却只看到她冰冷的背影。

他的父亲曾是草原上最优秀的侦察兵，曾经赤手击杀过两只苍狼，但在与病魔的搏斗中，这个自尊心极强的男人却一败涂地。

由于身患绝症，他在生命的最后时刻已经别无所求，只希望能以一种体面而尊严的方式，静静地离开人世。因为他不想连最起码的生活都无法自理，最后干枯而死。

因此，从医院下达癌症诊断书的那一刻起，他便想到了自杀。但他的身体异常虚弱，甚至连自杀的力气都没有。

他向骆驼说出了自己的心意。一个深夜，他轻声地对坐在病榻旁的骆驼说了很多话，希望儿子能帮助自己。

看着父亲绝望而痛苦的眼神，骆驼带着满脸的泪水，狠狠地点了点头。

骆驼与父亲之间一直有着可贵的默契。似乎在这个世界上，只有他能理解父亲的自尊和骄傲，也只有父亲能欣赏他的梦想和叛逆。

于是，又是一个深夜，骆驼将一个药瓶偷偷地塞进了父亲的被褥。

那一晚，父亲走得很平静。六十粒安眠药，足以使他毫无痛苦地沉入永恒的睡梦中。

然而，骆驼的母亲无法原谅丈夫的自杀行为。更令她难以接受的是，骆驼竟是协助丈夫自杀的帮凶。生命中两个最重要的男人，一个抛弃了自己，一个背叛了自己。这样的打击，甚至让她濒于崩溃。

父亲离开后，母亲不再与骆驼说话。这出乎骆驼的意料，他觉得母亲哪怕责骂自己一顿也好，只要能让她解开心结，觉得好过一些。

而他的母亲却一直沉默不语。父亲的葬礼之后，骆驼希望与母亲好好交谈一次，却被她推出了房门。之后，惯于漂泊的骆驼，只能再一次离开家。

那天，灰暗的天空落下了雨滴。骆驼独自坐在一趟开往北方的列车上，静静地等待着时间的审判和生命的囚禁。

他觉得自己真正成了一只骆驼，在辽阔的尘世间独自跋涉。

在这个已经没有父亲的世界上，他走过一幢幢林立的高楼，走过无数繁华都市闪烁的灯火，也走过城市街头永远汹涌的人潮。

故事讲到这里，骆驼的嘴唇有些颤抖，眼角也湿润起来。

图雅静静地听着，心中升起一种惺惺相惜的感觉。

骆驼的年龄比图雅大很多，也比她强壮很多。但那一刻，图雅体会到，关于父亲，他们的脆弱和悲伤是一样的。

骆驼接着又告诉图雅，在读高中时，他就迷上了鲍勃·迪伦。他曾在家里的墙壁上，抄写了《答案在风中飘扬》的中文歌词。

那天，他毫无意外地被母亲一顿训斥，父亲却笑着鼓励他追求自己的理想。

如果没有父亲的理解和支持，高中毕业后，他不会去读音乐学院，也不会走上音乐的道路，一直过着自己喜欢的生活。

篝火越来越旺，映照着他们的脸庞，也温暖着他们的心。

火光中，图雅仿佛渐渐明白，理解和爱是永恒的，而人的生死，也应该都有属于自己的轨迹，如同一朵花的自然盛开，也如同一片树叶的必然飘零。

"图雅，你相信月亮上有湖泊吗？"骆驼忽然问图雅。

"我相信，我的爸爸告诉过我，月亮就是天上的湖泊。"图雅看着夜空回答。

"我也相信，因为每一位好父亲，都不会骗自己的孩子。"骆驼笃定地说，"你是一个幸福的孩子，你的爸爸会一直爱着你，没有离开。"他像是也说给自己听。

"我觉得有一天，你的母亲也会原谅你的。你下一步有什么打算呢？"图雅问他。

"再过几天，鲍勃·迪伦就要来中国开演唱会了。这一天我已经等待了十几年，我要去北京看他的演唱会。"骆驼的眼

即便历经山海，始终相信人间值得

中闪过一缕光芒。

"记得给我发几张现场的照片。"图雅说。

骆驼做了个 OK 的手势，看着她笑了一下。

他并不知道，自己无意间的出现，给了图雅多么宝贵的鼓舞与力量。

离家出走的第三天，图雅终于从背包中翻出了手机。开机之后，她拨通了家中的电话，她听到了母亲焦急的呼唤和哭泣。

那一瞬间，她的心中似乎有一处坚硬的地方，变得柔软起来。

几天之后的一个晚上，图雅忽然收到骆驼发来的一张照片。

骆驼笑得很灿烂，他的身后是座无虚席的看台。

那天，在北京工人体育馆里，70 高龄的鲍勃·迪伦举办了他在中国的第一场个人演唱会。当他深情地唱起那首《答案在风中飘扬》时，骆驼激动得热泪盈眶。

几分钟之后，骆驼也收到图雅发来的照片。

照片上，图雅也满脸笑容。她站在母亲和一个男人中间，他们的身后是蓝色的月亮湖。

又过了一段时间，图雅与骆驼相约，等她大学毕业，他们再来月亮湖。她为他在湖边跳舞，他再为她弹唱歌谣。

但图雅一直没有告诉骆驼的是，在他离开月亮湖之后，她总会做一个梦：

在梦里，她骑上了血红色的骏马，奔行于无尽的原野。

纵然路途遥远，颠沛流离，她也愿意陪他一起流浪，去追寻生命中永不熄灭的光芒。

而他的话音，也始终萦绕在她的耳边，像鼎上香烟，扶摇青云，绵延不绝……

你的味道，从未褪色

不远处的一扇落地窗前，有一架钢琴，一位身穿白色衣裙的女孩正投入地弹琴。

她微闭着双眼，双臂自然地下垂，手指灵巧而娴熟地跳跃着。

女孩的身旁，是梵高的那幅名为《向日葵》的画作。

七年前，火车载着失意的袁羽，缓缓地驶离香气逼人的格拉斯小镇。

那是一座法国的山城，久负盛名的香水之都。那时，迷人的五月玫瑰，正在每一个角落里悄然盛开着。

离开的前几天，袁羽闭着眼睛，站在被鲜花包围的芳香广

场上。

让他惊慌失措的是，他并没有像以前一样，闻到比常人更多的气味。他已经不能再胜任自己的职业，甚至生活也陷入了极端糟糕的境况。

作为一名闻香师，他开始怀疑自己的嗅觉，也怀疑自己曾坚信不疑的一切。

这个曾带给他激情和梦想的小镇，也残酷地埋葬了他的爱情。

除了逃离，他没有更好的选择。

半个月前的一个午后，当律师将离婚协议书送到香榭街 5 号的家里时，袁羽正站在窗前

轻嗅着一瓶名为"秋千"的香水。

这种结局是他所料到的最坏的情况，只是没想到这一天真正到来时，他竟感受到一阵揪心的疼痛。

但他是优雅的，有着一颗和他的嗅觉同样敏锐和高贵的心灵。

几分钟之后，他还是在离婚协议书上签下了自己的名字。

从那一刻起，他不再是这所房子的主人，他将和卧室里陈列的那些瓶瓶罐罐一起，告别他居住多年的居所，也告别他的爱情和婚姻。

接着，律师和他礼貌地握了握手，带着职

业性的笑容转身离开。

　　闻着律师在空气里留下的一丝皮革与烟草混杂的气味，袁羽厌恶地皱了皱眉头。之后，便抑制不住地掩面哭泣。

　　那天是画家弗拉戈纳逝世二百零七周年的日子，也是袁羽和妻子结婚七周年的纪念日。

　　袁羽一直格外喜欢弗拉戈纳的一幅画，叫作《秋千》。在这幅著名的画作中，一位妩媚的少女正在荡秋千，她故意踢落鞋子，希望因她而倾倒在花丛中的男人，去为她拾起鞋子……

　　这幅画中的景象，会让袁羽想起自己的妻子。

　　他用"秋千"来命名自己最新调制的香水，或许既是为了纪念自己喜欢的画家，也祭奠自己支离破碎的爱情。

　　为了保持嗅觉的灵敏，袁羽的职业要求他不能饮酒和吸烟。但离婚那天，他从酒窖里取出了一瓶1978年的Frasqueira。

　　十年来，袁羽第一次端起酒杯，伴着扑面而至的橡木沉香，他将杯中的那团琥珀色的液体一饮而尽。

　　那一刻，他感觉到酒液中带着果木熏蒸的浓郁香味，迅速地穿过他的胸膛。

在酒液中沉睡了许多年的酒神，仅用了几分钟的时间，便将他带入微醺的感觉之中。

恍惚之际，袁羽仿佛看到自己正独自漫步在初夏的校园里。

那是收藏了他整个初中和高中岁月的校园。

在他尘封的记忆中，晨光中的教学楼顶层，总是落满灰色的鸽群；每个夏天，长长的甬道两旁，也总开满了洁白的栀子花。

在那所学校，袁羽看上去极为普通，他没有突出的长相，也没有特别显赫的家世。

如果说每个人都有自己的天赋，他的天赋便是他的嗅觉。

自9岁时起，袁羽开始意识到自己的鼻子与众不同。他能捕捉到划过鼻尖的每一缕气味，并准确记忆每种气味的细微差别。

哪怕是在漆黑寂静的夜晚，他也能通过嗅觉知道周围发生了什么。

一般人并不了解，在声色犬马、灯红酒绿的生活之外，还存在着一个完全由气味构成的世界。但在那个世界中，袁羽找到了属于自己的神秘王国。

随着年龄的增长，他对这个世界也渐渐有了自己的想法：世间万物都有自己独一无二的气味，而这种气味是最接近灵魂的东西。

于是，袁羽一直通过异于常人的敏锐嗅觉感知着这个世界。甚至到了青春期时，他也是通过嗅觉来寻觅爱情。

在袁羽的记忆里，爱情的气味是淡淡的栀子花香。

从小学到大学，袁羽的成绩如同他的嗅觉一样出类拔萃。

高中毕业前，他便收到了国外十几所名校的入学邀请函。但让所有人都深感意外的是，他最终选择了一所冷门的法国香水学校——纪芳丹·若勒香水学院。

袁羽的梦想是成为一位优秀的闻香师。为此，他毫不犹豫地放弃了诱人的奖学金，以及就读名校的机会。

好在他的父母是开明的，他们极力支持拥有嗅觉天赋的儿子。

出国的前一天，袁羽最后一次漫步于生活了六年的校园。

和最初的爱情相遇时，他没有听到身后的脚步声，却嗅到一丝淡淡的栀子花香。

这是袁羽一直寻觅并且期待的味道。

自从步入高中，三年之中的每一个清晨，他喜欢在校园的道路上，在来来往往的人群中，搜寻着那种似曾相识的气味。

那个隔壁班的女孩，在他的心里一直静静地住了三年。他经常远远地看到她在校园里的一角荡秋千，任凭风将她柔软的发丝吹起，任凭它们飘扬在风里。

　　袁羽从未怀疑过自己的嗅觉，但当身后的栀子花香越来越浓的时，他却感受到一阵从未有过的忐忑不安。

　　那一刻，他的心跳开始加快，呼吸也变得急促起来。他害怕转身之后，是一无所有的空旷，更害怕是四目相对时的无法言说。

　　青春期的男孩，有着太多爱你在心口难开的羞涩，反而是同龄的女孩更为大胆一些。

　　那时，袁羽的身后，的确是那个荡在秋千上的女孩。并且她在静静地跟随他一段路之后，终于鼓起勇气，快步地走到他的面前，递给他一封情书。

　　那是一个漂亮的蓝色信封，上面别着一片如雪花般洁白的栀子花瓣。

　　袁羽是幸运的，他一直暗恋的女孩，原来也在默默地关注并喜欢着他。

　　于是，故事的开始如同童话般美好。

七年后，这个有着栀子花香的女孩，最终成为袁羽的妻子。

结婚之初，袁羽在一家香水工厂中做闻香师助理，妻子在巴黎学习服装设计。

两个人虽同在法国，却身隔两地，但他们每个月都会相见。

那时，经过多年的职业训练，袁羽的鼻子已经能够轻松地分辨出两千多种气味。

每天清晨，鲜花的第一缕芬芳会准时唤他起床，而蒸馏瓶与玻璃试管中的各色精油，又像一个个沉睡的灵魂，等待着他去唤醒。

在神秘的香水国度中，仅凭嗅觉，他便能感受到生命的五光十色。

他一直觉得，一瓶香水的从无到有，就像人的幼年、成年与老年一样，要经历前调、中调与后调。真正用心的香水，每一滴都是有灵魂的。

于是，他将自己对妻子的爱，浓缩在一瓶又一瓶的香水中。

每年他都会花几个月的时间，精心为妻子调配一瓶香水。他常常为此从上千种香精油中，挑选出一两百种作为底料，然后在精确配比的指导下，反复修正每一丝偏差。

他希望他们的爱情，能从这些鲜花的精魂中，获得历久弥新的升华。

毫无疑问，爱情的甜蜜，给了袁羽无尽的灵感与想象力。

他的闻香与调香技术，在不长的时间里便有了很大的提升。由他亲手调制的多款香水，也先后成为时尚女性追捧的畅销之作。

但事业上的成功，并没有给袁羽带来太多欢喜。他是由于热爱而从事这份工作，因而依旧如从前那般，沉浸在那个忘我的嗅觉世界中。

若不是妻子突然从巴黎赶来，袁羽甚至都忘记了自己 30 岁的生日。他一直想把妻子接到身旁，但当她成为出色的服装设计师后，一切都不再是当初设想的那般。

"我想留在巴黎，那里更适合我。"正如妻子所说的那样，她早已习惯了都市的繁华，不喜欢这个小镇单调乏味的生活。

在袁羽的心里，一个人的气味就是他的灵魂。他的鼻尖滑过妻子的肩头、耳畔和发梢，近在咫尺的气息，却不是他所熟悉的味道。

从她的身上，袁羽已经很久没有再闻到过栀子花香。

取而代之的，是上百种名贵香料堆砌杂糅后的气味。

那个生日，妻子送给袁羽一块镶满钻石的金表。她说那是托一个朋友从瑞士带回来的私人订制款。或许，她仍是爱他的。但对她来说，这种爱，已经不再是一种不可或缺的东西。

接过手表，袁羽还是从柜子里取出一个水滴型水晶瓶，充满爱意地递给妻子："这是我最近调制的一款香水，你闻闻看，喜欢吗？"

妻子漫不经心地打开瓶塞，在面前晃了晃说："味道有些淡，不适合我。"

或许她是无心的，但妻子的话还是让袁羽有些许失落。

她并不知道，这瓶香水是他特意从众多的栀子花中，一滴一滴提炼出的单花香水。

袁羽用自然界的恩赐，从花瓣中提炼出妻子的气味，每当想念她的时候，他便会闻一闻瓶子中纯净的栀子花香。

但这一次，袁羽却感受到的是冰冷的拒绝，以及爱情转身的预兆。一直盛开在他心底的栀子花，也在那一瞬间开始渐渐地凋零。

于是，30岁生日时的一次相聚，以不欢而散的结局收场。

一切都在袁羽的嗅觉之中，一切也都在他的预料之中。

自那天起，他与妻子之间的感情也变了味道，少了亲昵和默契，反而越来越多程式化的刻意而为。他们也都心照不宣地感觉到，彼此的距离已经越来越远。

最终，妻子在他们结婚七周年的前几天，向袁羽提出了离婚。她真诚地向他坦言，自己爱上了一个法国导演。

得知妻子的背叛，袁羽彻夜难眠。那些天，他用栀子花和黄玫瑰，调制出了一款寓意着忠贞与背叛的香水，并取名为"秋千"。

律师到来的那个午后，袁羽在离婚协议书上签字之后，也放弃了他的法国国籍。

对袁羽来说，这是他人生中最彻底的一次失败。他之前从未想到，曾经笃信的爱情气味，原来也会随着时光的流逝而发生蜕变。

在回国的飞机上，他旁若无人地挥洒着眼泪。

仅仅几天时间，让他引以为傲的嗅觉，却像失明的眼睛和失聪的耳朵一样废弃，闻不到比常人更多的气味。

嗅觉世界的不复存在，让袁羽感觉到浑身疼痛，灵魂也在抽搐。

他恨自己的鼻子，犹如他曾经爱着自己的妻子。

飞机落地时，已是深夜。午夜的街头，冷清得像一场噩梦。

他没有回家，而是走进一家酒吧，一瓶又一瓶地喝酒，一根接一根地抽烟。

那个夜晚，肆意在烟酒中麻痹自己，反而让他有一种自虐的快感。

不知过了多久，袁羽被一个声音惊醒。他这才发现，自己竟在路边睡了一夜，随身携带的手提箱掉落在街道边，箱内的香水瓶碎了一地。

是一名环卫工人的声音。他询问他有没有事，并指了指地上的箱子问："先生，这个箱子你还要吗？"

袁羽无力地摆了摆手，看着他将那些碎瓶子清扫进垃圾车。

之后，他便跟跟跄跄地起身，踩着一地的香水，消失在拥挤的人群中。

生命如同陈年的酒，既有暴烈的苦涩，亦有平淡的甘甜。

命运的挫折会击痛人们的心灵，但岁月最终会让一切再沉淀下来。

渐渐平静之后，袁羽从事了一份普通的工作，过着平淡的日子。他刻意屏蔽了曾经深入骨髓的爱，也刻意遗忘那个神秘的嗅觉王国。

然而，生命的转机常常在不经意间到来，使人们看到一抹鲜亮的曙光。

转眼间，又一个七年过去了。遇见那个名叫小鹿的女孩，出乎袁羽的意料。这个女孩，原来是给予他第二次闻香师生命以及爱情的人。

那是在一个关于梵高的主题画展上，袁羽应朋友之邀，早早地便来到画展现场。

他对油画并未了解太深，但展厅内浓郁的松节油味却引起了他的注意。

　　"这是什么气味呢？"袁羽疑惑地问朋友。

　　"松节油的味道，油画里稀释颜料用的。今天展出的作品都是临摹的梵高名作，气味是有些大……"朋友耐心地解释道。

　　朋友的话音未落，袁羽便听到一串钢琴声，如同行云流水一般流畅、清脆。

　　在一首"Vincent"的旋律中，袁羽回国以来第一次闭上眼睛，试着用嗅觉来感受周围的色彩。尽管烟酒的戕害与生活的紊乱，使他的嗅觉大不如前，但他还是从人群中嗅到了一个与众不同的气息。

　　那是一种阳光般温暖的气息，有着向日葵的高傲与薰衣草的优雅。袁羽深深地呼吸，不知不觉间，竟有几分陶醉。

　　片刻之后，袁羽睁开眼睛，循着气味和声音的来源去寻觅。

他很快便发现，不远处的一扇落地窗前，有一架钢琴，一位身穿白色衣裙的女孩正投入地弹琴。她微闭着双眼，双臂自然地下垂，手指灵巧而娴熟地跳跃着。

女孩的身旁，是梵高的那幅名为《向日葵》的画作。

曲终之后，袁羽轻轻地走到女孩身边。她似乎感受到他的脚步，脸上现出浅浅的笑容。

"你喜欢梵高？"袁羽友好地问道。

"是的，先生，我喜欢他的作品。"女孩依然微闭着眼睛回答。

听着她的声音，袁羽的心头不由得一震。

那是多么亲切的声音，仿佛他们以前极为熟悉。但更让他吃惊的是，这个名叫小鹿的美丽女孩原来是一位盲人。

小鹿继续说："你一定想问，盲人怎么能欣赏绘画吧？如果我告诉你，你也许不会相信，或者无法体会，我的眼睛虽然看不到，但我的耳朵、鼻子，以及我的心能感受到身边的一切。"

那一刻，袁羽的嗅觉仿佛被微微触动，他坚定地说："我全部都相信，也能体会。"

之后，袁羽慢慢得知，小鹿并不是天生的盲人，她的绘画天赋很高，小时候的梦想是能成为一名画家。但是造化弄人，在 9 岁那年，病魔残酷地夺走了她的光明，使她余生只能与黑暗为伍。

然而，小鹿是乐观的。她甚至觉得，即便是失去一样重要的东西，也并不算太坏。尽管她失去了眼睛，但她的鼻子和耳朵都变得更为灵敏。因此，画家梦破碎之后，她从 10 岁开始便苦练钢琴，如今已经弹得一手好琴。

画展结束前，袁羽带着小鹿参观了每一幅梵高的临摹画，并耐心地为她讲解看到的内容。

那天，他们聊了很多。他向她述说那个他曾经闻到的神秘王国，她告诉他那个她所听到和感受到的魔幻天堂。

小鹿是充满灵气的，她的眼睛虽然看不到任何色彩，她的内心世界却五彩斑斓。

在某个瞬间，袁羽甚至觉得，她像是从画布中走出来的一株向日葵。

她的脸上看不到一丝多愁善感的忧伤，时刻都洋溢着阳光般温暖的笑意。

爱情总是悄然到来的，犹如一道柔软的光芒，轻轻地在人们的内心中点燃。

袁羽终于找到了久违的平静，小鹿也等到了难得的知音。于是，两颗不靠眼睛看世界的心，互相吸引并慢慢靠近。

让袁羽觉得不可思议的是，他的嗅觉不仅恢复了，甚至比以前更灵敏。

热恋之中，袁羽有一天悄悄地在小鹿耳边说，要送她一份神秘的礼物。

于是，在袁羽的视觉和嗅觉的讲述中，小鹿的眼前浮现了这样的景象：

四月末的阿尔勒，是一座被金色光芒所笼罩的日光之城。漫长的蓝色海岸线上，栽种着一望无际的向日葵和薰衣草。

金色的麦浪，墨绿的橄榄林，雄伟的论坛广场，肃穆的石墙医院，高耸的朗格洛瓦吊桥，宁静的星夜咖啡座……

除此之外，当地的人们还在三孔笛和长鼓伴奏的普罗旺斯曲中，热情洋溢地跳着欢快的法兰多拉舞。

阿尔勒，这座法国南部的城市，是梵高生前的大部分灵感的来源。

为了让小鹿亲身感受到梵高的精神，袁羽专程带她来到了这座历史悠久的欧洲古城。

这便是他要送给她的神秘礼物。

在那里，袁羽小心翼翼地牵着小鹿的手，漫步于古城倾斜的石阶小巷中。

地中海吹来的湿润海风，使小鹿感到神清气爽。在袁羽的悉心呵护下，她遍访了梵高当年走过的每一寸土地。

在阿尔勒郊外的一大片向日葵前，袁羽忽然从背后拥抱住

小鹿，他将头轻放在她的肩上，在她的耳边轻轻问："猜猜看，你的面前是什么风景？"

小鹿沉静了片刻，深深地呼吸。

然后，她激动地说："是向日葵，一望无际的向日葵！"

袁羽的脸上露出温柔的笑，他松开双手，走到小鹿面前，将她揽进怀里。

他们一起闭着眼睛，在那片波澜壮阔的金色面前，屏息凝神，听着风声，闻着花香。

那一刻，小鹿的眼前铺开了一片茫茫无际的金色光芒。

她对袁羽说，每一株向日葵都是陨落在人间的太阳，它们带着沉默的爱来到这个世界上，用毕生的绚烂色彩，绽放出一朵朵金色的生命之花。

关于生命的奇迹，永远发生于真正热爱生活的人身上。

那一刻，袁羽在心里想着："梵高，你会知道吗？一个如你一般热爱艺术的盲人女孩，在你的作品指引下，终于重见阳光……"

告别了阿尔勒，袁羽带着小鹿赶往格拉斯小镇。

他向她诉说了一切，那里既是他梦中的故乡，也是他的伤心之所。

但这一次，他心里已经没有悲伤。他想带她去参加一年一度的鲜花盛会，他觉得她一定会喜欢那里。

在开往格拉斯的火车上，小鹿靠在袁羽的肩上，轻声问他："如果让我用一种气味来形容你，以及你给我的爱情，你知道是什么吗？"

袁羽若有所思，还未开口，便听到小鹿的自答："栀子花香。"

"为什么是这种香味？"眼里噙着泪的袁羽，面带微笑地轻声问她。

"认识你之后，你以前的每一瓶香水我都托朋友帮我搜集起来，不论你用什么样的香料去修饰，我都能从中闻出栀子花的味道。"小鹿认真地说，满脸骄傲的神情。

那一瞬间，袁羽的眼角泛起了泪光。他紧紧地握住小鹿的手，心底枯萎的栀子花仿佛突然间起死回生，再一次在他的心里吐露出淡淡的清香。

她说得没错，袁羽将最深的爱都藏在一瓶瓶的香水里。

那淡淡的栀子花香，只为知音吐露着芬芳。

也是在那一刻，袁羽终于明白：或许每个人都是通过某种气味，寻找自己生命中的那个人。可能难免会寻错，但每一个人都不能轻易放弃。

因为总有一种最适合的气味，会穿越世间一切阻碍，来到能够闻得懂它的那个人面前。

他所要寻找的爱情，并不是那个带着栀子花香的女孩，而是一颗能和他一起嗅到栀子花香的灵魂。

　　几天之后，火车缓缓地驶入香气逼人的格拉斯小镇。

　　又是一个五月，刚好是袁羽七年前离开的那个季节。这时，迷人的五月玫瑰，仍然在这座山城的每一个角落里悄然盛开着。

　　袁羽带着小鹿，他同她一起闭着眼睛，站在被鲜花包围的芳香广场上。

　　那一瞬间，他闻到的芳香，比以往任何时候都丰富和绚烂。

　　他决定重新从事他所钟爱的闻香师工作。生命仿佛轮回了一般，他又开始坚信自己的嗅觉，并且坚信自己的选择。

　　这个曾埋葬着他的爱情的小镇，如今又生长出新的爱情。

　　除了重新归来，他想不到还有其他更美好的事。